빛을 향한 여행

머묾과 떠남

Un voyage vers la lumière

빛을 향한 여행

장클로드 드크레셴조 지음
이소영 옮김

머묾과 떠남

 퍼블리온
Publion

"공기의 입김을 받아 쓴 이 책은 빛을 향한 여행이다.
움직이지 않아도 사진 속 인물들은 삶에 대한 강렬한 열망을 표현한다.
나는 사진이 지닌 이 같은 상승의 위력에서
모든 존재에게 필요한 빛을 찾으려 했다."

– 장클로드 드크레센조

일러두기

이 책에 언급된 모든 역서는 해당 도서의 번역문을
그대로 인용하지 않고 본문의 결에 맞추어 옮긴이가 다시 번역했다.

이승우(소설가)

무릇 사진 에세이는 묘사가 필요 없는데, 그것은 사진 또는 그림에 나타난 이미지를 떠올리도록 쓰는 것이 묘사문이기 때문이다. 한 장의 사진이나 그림은 이미 묘사된 것이다. 그것도 매우 완전한 형태로. 어떤 글로도 그림이나 사진보다 더 잘 묘사할 수는 없다. 그러니까 사진은 묘사의 모델이라면 모를까 묘사의 대상이 될 리 없다. 일찍이 사진과 그림엽서 수집에 '진심'이었다고 알려진 발터 벤야민이 사진에는 설명글이 달려야 한다고, 설명글 없이 구성된 사진은 불확실성에서 벗어날 수 없다고 말한 적이 있지만(「사진의 작은 역사」), 그가 말한 사진 설명글이 묘사가 아닌 것은 분명하다.

"사진에 필요한 것은 연상이 아니라 설명글이다."라는 문장이 추가되어 있기 때문이다. 묘사가 하는 일이 연상이 아니던가.

그런데도 누군가 사진에 대해 묘사를 하려고 한다면, 이는 찍힌 사진에는 나타나지 않은 어떤 이미지를 획득했을 때에 한해서 허용되어야 할 것이다. 사진에 나타나지 않는 이미지가 있다는 말이 설득력 있는가. 이 말은 사진이 대상을 객관적이고 사실적으로 반영한다는 통념에 반하는 것처럼 들릴 수 있다. 그러나 다시 벤야민을 인용하자면, 카메라에 찍히는 것은 인간이 의식할 수 있는 공간이 아니라 무의식의 공간이다. 이른바 '시지각의 무의식'을 경험하게 해주는 것이 사진이라고 그는 말했다. 사진에 붙는 글을 쓰는 사람은 사진에 담긴 무의식의 공간을 볼 줄 알아야 한다는 뜻일 것이다. 그것은 찍혀 있는 사진에는 나타나지 않은 이미지의 획득이 요구된다는 뜻이기도 하다.

장클로드 드크레셴조가 그런 사람이라는 걸 이 책을 읽어보면 알게 된다. 어떤 페이지를 펼쳐 읽어도 마찬가지지만, 가령 '하품하는 할머니'에서 나약함의 순간을 포착하고 그녀에게 닥친 것이 졸음이 아니라 권태라고 해석할 때, 하품에 동원되는 근육과 뼈의 이름을 낱낱이 부를 때, 하품은 세상을 등지는 것이고 돌연 사라지는 것이며 작은 죽음이나 마찬가지라고 말할 때 나는 그의 관찰과 포착에 기꺼이 설득당한다.

'프로방스 숲에서' 한국인 아내와 함께 한국 소설을 번역하고 출판하며 꾸준히 한국문학에 대해 글을 써온 이 프랑스 남자를 나는 날카롭고 진지한 연구자일 뿐 아니라 섬세하고 시려 깊은 문장을 쓰는 작가로 알고 있다. 그는 섣불리 아는 것을 쓰지 않고, 몇 번이나 확인하는 사람이다. 그가 대화 중에 수첩을 꺼내 무언가를 적는 모습을 나는 여러 번 목격했다. 그는 황송하게도 내 소설에 대한 글을 여러 편 썼는데, 그때마다 나라면 그냥 넘어갈 법한 문장을 몇 번이고 되풀이 물어 나를 괴롭혔다. 그는 사소한 것도 소홀히 하지 않으며 진심이 아닌 데에는 마음을 기울이지 않는 사람이다.

그런 그가 김기찬, 조세희, 마동욱 등의 한국인 사진작가가 찍은 사진들에 글을 붙이는 작업을 꾸준히 하더니 마침내 한 권의 책으로 묶어냈다. 여기 실린 글 가운데 몇 편을 꽤 오래 전에 읽은 기억이 있는 나는 그의 한국에 대한 사랑이 한국의 사진에까지 뻗어나갔나 싶었는데, 완성된 원고를 다 읽고 나서 꼭 그렇지만은 않다는 사실을 깨달았다. 그에게는 한국의 거리와 사람들이 찍힌 이 사진들이, 한국 작가들이 쓴 소설과 마찬가지로 한국을 이해하기 위해 중요한 텍스트였던 것이다. 그의 사랑은 오래전부터, 그 기원과 연유를 헤아리기 어렵지만 한국에 붙들려 있다.

아니, 꼭 그것만은 아닌 것 같다. 그는 주로 7, 80년대의 거리 풍경을 담은 사진들에서 그 시대의 기운을 읽고, 그 시절을 살아낸 사람들의 마음을 읽고, 마침내 시대와 공간을 뛰어넘어 '인간'을 획득해낸다. 특정한 시간, 한국의 거리에서 붙잡힌 한국 사람들에 대해 쓴 그의 글을 읽으면서 나는 인간의 운명과 한계, 그리고 그에 대한 연민과 슬픔을 느꼈다. 사진은 존재했던 것을 되찾으려는 열망, 즉 노스탤지어라고 정의하고 나서 그는 문득, 살아본 적 없는 나라와 시대에 대해 그런 걸 느끼는 자신을 의아해 하는데, 나는 그 의문에 대해 부분적이고 암시적일 수밖에 없는 대답을 하나할 수 있을 것 같다. 길과 집은 하나의 공간이 아니라 그곳에 사는 사람들을 대변하는 매개다. 그가 그렇게 보고 있다는 건 확실하다. 그런데 특정 시간과 공간에 사는 사람들은시간을 거슬러, 혹은 시간을 가로질러 다른 특정 시간과 공간 속의 사람으로 나아간다. 이를테면 그가 어린 시절을 보낸 마르세유의 골목과 그 시절의 사람들. 그것은 확장이면서 심화이다.

그러니까 그가 사진에서 포착하는 것은 길이나 집, 즉풍경이 아니라 사람들이다. 사람이 풍경의 일부라거나 사람에 의해 풍경이 완성된다는 의미로 하는 말이 아니다. 차라리 풍경이 사람의 일부라는 주장이 이해할 만하다. 어떤 근사한 자연도 어떤 아름다운 풍경도 사람을 품고 있지 않으면, 사람에 대해 무슨 말인가를 하지 않으면 그의 눈길에잡히지 않는다는 뜻이다.

이 책은 평범한 거리, 일상의 모습들이 담긴 사진들에서 그가 찾아낸 평범하지 않은 의미들의 기록이다. 말하자면 "시각이 미처 인지하기 전에 명치에 가하는 한 방의 타격"(김기찬의 사진에 대한 표현) 같은 것이다. 그가 벤야민과 같은 열렬한 사진 수집가인지는 모르나, 적어도 사진을 읽을 줄 아는 눈을 가진 사람인 것은 분명하다.

흑백의 삶

"지난날에 대한 생각이야말로 정녕 감당할 수 없는 것이다. 존재했던 것, 그것은 내 힘이 미치지 않는 곳에 있다."°

1688년 스위스의 의사 요하네스 호퍼는 '제어할 수 없는 상상'을 질병으로 규정하면서 '노스탤지어nostalgia'라는 용어를 만들었다. 프랑스어 'nostalgie'는 그리스어로 '집으로 돌아가다'(귀향)라는 뜻의 '노스토스nostos'와 '아픔'(고통)이라는 뜻의 '알고스algos'가 합쳐진 단어로, '돌아가고 싶어

° 에밀 시오랑, 『노트』, 1957~1972, 갈리마르, 1977, 595쪽.

도 돌아갈 수 없는 아픔'으로 풀이된다. 한국말로는 '향수병'이다. 한국인의 독특한 정서인 '한恨'은 노스탤지어와 무관하지 않고, 포르투갈의 애수 어린 노래 '파두fado'에 담긴 쓰라린 회한의 정서 '사우다드saudade'도 마찬가지다. 호퍼의 의학용어에서 유래한 이 단어는 미학의 영역으로 들어와 위안의 방편으로 19세기 프랑스 문학에 등장하기 시작했다. 그리하여 돌아가고 싶어도 돌아갈 수 없는 아픔은 '과거를 향한 괴로움'이라는 또 다른 의미를 지니게 되었다. 오디세우스는 칼립소 곁에서 꿈결 같은 삶을, 밀란 쿤데라가 말한 "라 돌체 비타la dolce vita", 즉 달콤한 인생을 누렸지만 고향과 페넬로페의 부름을 기억할 수 없었다. 오늘날 우리처럼 지난날이 오디세우스를 붙들고 있었다.

칸트는 『실용적 관점에서 본 인간학』(1798)에서 노스탤지어를 어떤 장소가 아니라 어떤 시절로 되돌아가고픈 열망이라고 규정한다. 이는 근원의 시간, 바로 '그 무엇'이 발생하여 우리를 현재의 우리로 만들어 준 영토도 없는 불명확한 시간이다. 노스탤지어 속의 자아 추구는 유년 시절의 추구다. 아득히 사라진 이 시간 속에서 향수에 젖은 이는 자신을 출발점으로 되돌아가게 해줄 흔적과 실마리를 찾아 훌쩍 떠난 이다. 근원을 향한 열망은 장소에 대한 열망이 되고, "노스탤지어는 늘 종교의 자취를 남긴다."[°]는 에밀 시오랑의 말처럼 신을 향한 열망이 될 수도 있다. 존재했던 것을 되찾으려는 열망이고, 사진이 불러일으키는 것이 바로 이것이다. 사진은 빠져나가려는 것을 가두어 추억의 대상으로 바꿔놓는다. 오디세우스가 이타카섬과 페넬로페의 사진을 가져갔더라면 그의 운명은 어찌 되었을까? 고향에 돌아와서도 마음은 망망대해를 향해 오기고스섬[°°]과 아리따운 칼립소의 사진만 하염없이 바라보았다면 또 어땠을까? 어째서 우리는 과거를 소환하고 망자들을 깨우며 혼령을 몰아낼 뿐 아니라 우리의 것이었던 한 시절을 또다시 즐겨 떠올리기까지 하는 걸까? 지금 우리가 살아가는 시간도 망각

[°]   에밀 시오랑, 위의 책.
[°°]   그리스 신화에 나오는 바다의 요정 칼립소가 살던 섬.

을 거쳐 의식 속에 새겨질 테다.

과거는 늘 혼자만의 과거다. 과거는 본질적으로 타인과 소통할 수 없는 감정을 낳는다. 향수에 잠긴 이는 홀로 존재한다. "향수에 젖은 이는 망명자이고 이방인이다. 그는 이곳과 저곳에 모두 존재하면서 존재하지 않고, 현존하면서 부재하고, 거듭 현존하고 부재한다."°라고 장켈레비치는 말했다. 노스탤지어 속에서 인간은 언어를 잃어버린다. 추억에 대해 말한다 한들 과거에 존재했던 것에는 결코 이르지 못한다. 지나간 것을 말하고 묘사하고 아쉬워해도 다 부질없다. 홀로 괴로울 뿐이다. 그리움은 상처이고, "뇌 속에서 늘 같은 방향으로 흐르는 신경액"°°이다. 반복은 고랑을 만든다. 함께 나눌 수 없기에 아픔은 더욱 깊다. 고독의 경험은 존재론적이다. 상실을 메우고 추억의 빈틈을 채우고자 회귀할 때는 존재하기 위한 장소가 필요하다. 한데 돌아간 곳은

°　블라디미르 장켈레비치, 『불가역적인 것과 노스탤지어』, 플라마리옹, 2011.

°°　장 스타로뱅스키, 『멜랑콜리 치료의 역사』, 김영욱 옮김, 잇다, 2023.

꿈꾸던 그곳이 아니다. 모든 게 바뀌었다. 무엇도 알아볼 수가 없다. 사진만이 사라진 현실을 재구성한다. 그리고 우리를 이미지 앞에서, 그 명백한 진실 앞에서 더욱더 홀로이게 한다. 우리가 그 시간의 일부였기에.

살아본 적 없는 나라와 시대에 대해 노스탤지어를 느낄 수 있을까? 붙잡아둘 기억조차 없는데도 그리움이 솟아나는 원천은 무엇일까? 정치, 사회 문제에 늘 관심이 많았던 나는 먼발치에서 한국의 어려운 시절을 지켜보았다. 당시 프랑스에서는 '영광스러운 30년의 기적'°이 실현되고 있었지만 빈곤층까지는 혜택이 미치지 못했다. 분명 생활수준은 높아졌어도 한국과 비슷한 시기에 우리 역시 사회적 약자들을 지원하기 위해 힘을 모아야 했다. 국가가 근대화에서 소외된 이들을 방치했다는 점에서 한국과 사정이 비슷했다. 그렇게 멀리서나마 무언의 연대감을 느낀 것이다. 자신이 겪지 않은 시절에 대해 향수를 느낀다는 것은 그리 드문 일이 아

° 　프랑스와 유럽의 경제 발전에서 영화를 누린 시절(1945~1973).

니다. 이를테면 오늘날에도 70년대 팝 음악에 향수를 느끼는 젊은이가 적잖다. 이때 노스탤지어는 이질적인 추억과 형태, 냄새와 색깔, 건축 등이 뒤섞인 조합이다. 다른 세계에서 유입된 기호들이 표현하기 힘든 아련한 감정을 불러온다. 밥 딜런의 〈시대가 변하고 있어요The Times They Are A-Changin'〉(1964)나 헨리 밀러의 〈장밋빛 십자가The Rosy Crucifixion〉(1971) 3부작, 파졸리니의 〈데카메론Decameron〉(1971)은 모두 창작의 자유를 구가하는 빛나는 시절을 예고하는 신호였다. 우드스탁 페스티벌은 리치 헤이븐스의 〈프리덤Freedom〉으로 서막을 열지 않았던가? 하지만 예술에 속하는 것마저 악착같이 제 주머니 속에 넣으려는 시장의 보이지 않는 손이 기다리고 있었으니, 이 손이야말로 모든 것을 움켜쥐고 육체와 양심까지도 사고팔며 사고의 영역에까지 영향력을 행사하려는 존재인 것이다.

나는 여기저기 돌아다니다 이 사진들을 만났다. 사진 한 장 한 장이 모여 울창한 숲을 이루었고, 그 속에서 영혼들이 떠돌고 있었다. 사진 속 인물들을 말하는 게 아니다.

그들 중 몇몇은 아직 살아 있을 것이다. 내가 말하는 것은 잊힌 사람들, 인연의 기나긴 끈으로 끝없이 이어져 사진 속 인물로 표상된 바로 그들이다.

좁은 비탈길, 폭이 넓은 넥타이를 맨 남자, 하품하는 할머니, 장난꾸러기들, 나팔바지 입은 아가씨들로 이루어진 이 세계는 사라진 듯하다. 하지만 서울 도심에서 벗어나 시골 마을로 발걸음을 돌리면 이 장면들은 늘 살아 있고, 우리의 기억도 되살아난다. 멀리서 말 없는 가교를 꿈꾸던 나는 그들을 만났고, 그들의 존재를 알아보았다. 이제는 이 사진들을 뚫어지게 응시하면서 '존재할 수도 있었던 것'을 그리고자 한다. 사신에서 내가 좋아하는 것은 그 '이전'과 그 '이후'다. 사진 속 '가정된 세계'에서 인물과 배경이 합쳐지는 순간인 이전과 결정적인 찰칵 소리와 함께 그 둘이 흩어지는 순간인 이후. 이 둘 사이에 그것들과 함께 내가 존재한다. 흔적과 추억은 돌아오지 않을 과거를 아쉬워하기보다는 우리가 누구인지를 알려준다. "나는 미래 말고는 그 어디에도 관심이 없다. 남은 세월을 보낼 곳이 바로 그곳이기 때문이다." 노스탤지어의 거장 우디 앨런 감독의 말이다.

이 작은 책에서 나는 몇몇 작가에게 경의를 표하고 싶었다. 김기찬의 작품이 내게 심장에 콕콕 박히는 주삿바늘이었다면, 조세희의 사진은 '근대성'이라는 기면증嗜眠症에 대한 서릿발 같은 경고였다. 또 마동욱의 작품이 있어 나는 이미 이십 년도 더 전에 남도 마을을 발견하고 그곳의 단순한 삶에 마음을 빼앗겨버렸다. 서랍 속에 고이 간직한 이름 모를 작가들의 사진도 빼놓을 수 없다.

공기의 입김°을 받아 쓴 이 책은 빛을 향한 여행이다. 움직이지 않아도 사진 속 인물들은 삶에 대한 강렬한 열망을 표현한다. 이들의 부동성은 표면에 불과하다. 이들의 힘이 움직임을 만들어내고, 그 안에서 감상자의 마음도 따라 움직인다. 그 어떤 부동성이 이렇게 많은 움직임을 불러일으키겠는가. 나는 사진이 지닌 이 같은 상승의 위력에서 모든 존재에게 필요한 빛을 찾으려 했다. 이미지는 내가 알지

○   가스통 바슐라르, 『공기와 꿈: 운동에 관한 상상력』, 정영란 옮김, 이학사, 2000.

못하는 시절과 낯선 장소를 성찰하는 힘을 준다. 그 어떤 형상도, 그 어떤 몽상도, 그 어떤 열망도 아득히 사라지지 않고, 추억의 어두운 구석에서 영영 잠들지 않을 것이다.

○ 차례 ○

1장 · 골목 풍경을 사랑한
김기찬을 기리며 1938~2005

2장 · 생생한 현실의 포착,
조세희를 기리며 1942~2022

3장 · 겹눈의 사진작가
마동욱을 기리며 1958 ~

1장

❖

골목 풍경을 사랑한
김기찬을 기리며

1938 ~ 2005

Jean-Claude de Crescenzo

●

사진을 감상하는 사람의 눈에는 보이지 않는 것들을 어떻게 설명할 수 있을까? 카메라, 요즘이라면 휴대전화를 만지며 근사한 사진을 찍을 기대에 부풀었는데 무엇 하나 예상과 맞아떨어지지 않았다는 걸 알아버렸다. 그 순간 깃드는 한 점의 의혹, 걱정스러운 마음. 사진에 찍힌 인물은 불쑥 들이민 카메라에 화들짝 놀랐을까, 아니면 '마음의 준비'를 하고 있었을까? 의문이 꼬리에 꼬리를 문다.

어지간히 예리한 눈을 가진 이가 아니고서는 찰칵 소리한 번으로 산과 물과 유적을 바꿔놓지 못한다. 홀륭한 사진작가라면 빛이 다르게 퍼지고 그림자도 짙어졌으며 같은 물이 흐르는 게 아니라고 하겠지만, 그 말을 곧이곧대로 믿는 사람은 없다. 산은 늘 산이 아니던가.

그러나 사진 속 인물은 다가오기도 하고 잠시 멈추기도 하면서 자신이 주목받아 마땅한 존재임을 입증하려 애를 쓴다. 나를 매혹하는 것은 바로 그 순간이다. 스스로를 드러내고 싶은 열망. 한데 그 열망이 지니는 가치를 탐색하는 준비 과정이 카메라로는 절대 재현되지 않는다. 꾸밈없는 포즈도 실은 교묘한 연출의 산물일지 모른다. 또 이 같은 연출은 인물의 전적인 동의하에 이루어진 것일 수도 있고, 혹은 마지못해 응한 것일 수도 있다. 그럼에도 모든 사진은 내게 헤아릴 길 없는 신비로 다가온다. 인물과 사진 찍는 사람의 마음이 통하면 그럴듯한 결과가 나오기도 한다. 하지만 새삼스럽게 사진을 찍어준다고 유난을 떠는 남편이 못마땅한 아내나 어른들이 시키는 대로 하기는 싫다고 입이 삐쭉 나온 아이나 자기도 이만하면 봐줄 만하지 않느냐며 큰소리치는 어르신 사이에서 발생하는 삐걱거림이 느껴질 때도 적잖다. 이처럼 거북스러운 순간도 분명 사진 찍는 과정에서 비롯된 것이다.

첫눈에 마음을 사로잡아 삶의 여정에서 길벗이 되고, 잊을 만하면 꼭 떠오르는 작품들°이 있다. 어떤 몸짓, 어떤 미소, 어느 비탈진 골목길에 빼앗긴 마음은 이제 그 사진들 없이 한 나라의 크고 작은 사건을 떠올리지 못한다. 흔적은 남아 있어도 더 이상 같은 모습으로 존재하지 않는 어떤 시절과 장소, 인물에 자꾸만 눈길이 가는 이 같은 역설을 어찌 이해할 수 있을까? 사라져버린 것들의 흔적을 찾으면 찾을수록 커져만 가는 그리움 속에서 머묾과 떠남의 관계를 어떻게 이어가고, 어떻게 풀이할 것인가? 김기찬의 사진은 사라짐을 연출한다. 존재를 되비추고 상황의 '이전'과 '이후'를 포착한다. 그의 사진은 우리를 가만히 내버려두는 법이 없고, 시선에 순간의 감미로운 격정을 선사한다. 빗물이 흘러넘치는 골목이 우리를 소리쳐 부르며 어서 오라고 재촉한다. 작품으로 남겨 순간을 붙잡아두려 했건만 사진 속 골목

°   김기찬, 『골목 안 풍경 전집』, 눈빛아카이브, 2018.

이 외려 시간을 빠르게 돌려놓았다. 아이의 장난기 어린 표정과 노인의 지친 눈빛과 갓난쟁이에게 젖을 물리는 여인은 일상의 수고로움이 무겁게 짓누르는 시간에 저마다의 방식으로 저항하며 사진 앞에 우리를 붙들어둔다.

정확성과 명료함 그 자체인 김기찬의 작품은 기호의 일체를 속속들이 파헤치고, 그 낱낱의 기호가 우리의 추구에 세밀한 의미를 부여한다. 그의 사진은 시각이 미처 인지하기 전에 명치에 가하는 한 방의 타격과도 같다. 평온을 되찾은 세계, 포근한 분위기와 은은한 불빛. 그곳에서 인간은 무기를 내려놓고 방어를 푼다. 근원적이든 부차적이든 일체의 나르시시슴을 버리고 제멋대로 품은 기대와 생각마저 내려놓는다. 순간의 이미지를 포착하는 이의 장치를 통해 공격성이 해체되는 것이다.

나는 흑백의 삶에 더 끌린다. 이 두 색밖에 줄 것이 없는 사진에 관한 글을 쓰면서 그 시절을 향한 마음의 빚을 덜어낸다. 나를 붙잡고 있는 것은 아련한 그리움이다. 영화 〈그레이트 뷰티La Grande bellezza〉에서 이탈리아 감독 파올로

소렌티노는 등장인물의 입을 빌려 이렇게 말한다. "그리움은 미래를 좀처럼 믿지 못하는 이들의 유일한 소일거리"라고. 사라진 시간 너머를 향하는 그리움은 새로운 시대를 마냥 장밋빛으로 그리지 않는 이들의 피신처다. 미래에 대한 과도한 신뢰에 맞서 세운 성벽이기도 하다. "지난날에 관한 생각이야말로 정녕 감당할 수 없는 것"이라는 시오랑의 말 역시 이런 의미일 테다. 지난날을 향한 감당할 길 없는 열망. 김기찬의 사진은 존재했던 것의 부재를 나타낸다. 사진은 상실이고, 그것의 역설은 이 같은 상실을 보여준다는 데 있다. 그리고 이 상실이 결코 존재한 적이 없는 것의 상실이고, 사진 찍는 이도 모르게 감상하는 이가 만들어내는 상실일 때, 역설은 '아포리아', 곧 풀릴 길 없는 난제로 바뀐다. 이 불가능한 숙제 앞에서 나는 사진이 현실을 온전히 재현하지 못한다는 증거로 그것의 '이전'과 '이후'를 내놓는다. 이어질 글들은 몽상의 순간에서 태어난 것들이고, 꿈은 현실에 매이지 않는다.

© 김기찬 | 1983. 7. 중림동 | 『골목 안 풍경 전집』, 131쪽

우리가 잃어버린 것 1

2022년 2월에 갑자기 일어난 우크라이나 전쟁은 도시를 잿더미로 만들고 숱한 목숨을 앗아갔다. 핵무기의 위협에 온 세계가 불안에 떨었고, 인류의 파괴를 예고하는 몇 마디 말에 확신과 무사안일에 빠져 안락한 생활을 누리던 한 시대가 요동쳤다. 두려움이 우리를 사로잡았다. "역사 속에서 외면당한 집단은 어머니의 사랑을 받지 못한 아이들과 같다. 이들은 인류를 위험에 빠트리는 계층이 된다. 따라서 물질과 정신의 곤궁 속에 피지배층을 가둬놓으려 하는 것은 궁극적으로 지배자 집단의 자멸 행위나 다름없다." 프랑스의 역사가 장 들뤼모Jean Delumeau는 17세기까지 서구 사회에 깊은 정신적 동요를 일으켜 '공포의 국가'를 초래한 침략 행위에 대해 이같이 주장했다. 따라서 두려움은 어제오늘 일이 아니다. 두려움은 단지 그 자리에 머물지만 않고 다른 영토로, 다시 말해 '불안의 국가'로 옮겨간다. 그리고 이 막연한 불안이 퇴행이라는 방식을 통해 현대의 공포를 다시금 만들어낸다.

사진 속 인물들의 만사태평한 모습을 보면 대수롭지 않은 것들을 두려워하던 시절이 생각난다. 그때는 혹시 병이라도 걸리지 않을까 겁이 나고, 사나운 개 앞에서 쩔쩔매고, 오늘 비가 오면 어쩌나 걱정하는 게 전부였다. 그런 일상적인 것들을 두려워하던 시절이 그립다. 오늘날의 두려움은 그때와는 차원이 다르다. 피가 얼어붙고 온몸이 움츠러들어 벙커에서 나오지도 못한다. 무지갯빛 미래 따위는 일찍이 사라져 버렸다. 일자리를 잃을까 봐 전전긍긍하고, 언제 테러가 발생할지 몰라 벌벌 떨며, 죽어가는 지구 앞에서 근심에 잠긴다. 또 아무도 책을 읽지 않을 날이 올까 봐 염려하고, 우리의 동의 없이 로봇이 지배하는 세상이 오면 어쩌나 불안해하며, 속도로 인해 신체 감각을 송두리째 잃게 될 수도 있다는 생각에 노심초사한다. 한마디로 소름끼치는 미래에 대한 두려움이고, 이 모든 것으로 인해 나는 등골이 오싹해진다. 한데 곰곰이 생각해보면 두려움은 기억에 직면할 때만 생겨나는 감정이다. 존재했던 것에 대한 기억이 없다면 두려움은 부모 없는 어린애나 마찬가지다.

인간은 제 정체성이 만들어지는 과거를 통해서만 자신으로 존재하는 것이 아니다. 인간은 생성 중인 존재다. 한 존재를 특징짓는 것은 과거의 행위가 아니라 미래의 행동이다. 환자가 이때껏 앓은 병을 의미하는 '과거 병력'이라는 개념도 본질적으로는 경험이라는 장서를 모아놓은 도서관에 불과하다. 우리의 과거가 우리 존재를 설명해주지는 않는다.

© 김기찬 | 1995. 10. 중림동 | 『골목 안 풍경 전집』, 453쪽

우리가 잃어버린 것 2

내가 어릴 적에는 텔레비전이 아예 없었고 라디오도 너무 비싸서 좀처럼 보기 어려웠다. 마르세유 우리 동네 사람들은 프로방스의 선선한 바람이 불어오는 저녁이면 길가에 의자를 하나씩 내놓고 무리 지어 앉아 있곤 했다. 어쩌다 자동차가 지나가도 아랑곳하지 않고 두런두런 이야기를 나누느라 시간 가는 줄을 몰랐다. 사소한 잡담이었겠지만 이웃끼리 친목을 다지려는 심오한 뜻이 있었을 테고, 살기 좋은 동네라는 인상을 주는 데도 한몫했을 것이다. 의자에 말 타듯 걸터앉은 남자들은 다리를 쩍 벌리고 등받이에 팔을 걸치고 있었는데, 장시간 토론을 작정한 이들에게서 흔히 볼 수 있는 자세다. 치맛자락 때문에 애초에 그런 자세가 불가능한 여인네들과는 다르다는 걸 보여주거나, 그저 사내다움을 과시하고 싶어서가 아니라면 말이다. 이제 아장아장 걸음마를 시작한 꼬맹이들은 부산을 떨기는 해도 부모 곁에서 떨어지는 법이 없었다. 그 시절에는 즉흥적으로 생기는 이런 자리 덕분에 이웃 사이가 돈독해지곤 했다. 어릴 적 나 역시도 어른들끼리 나누는 대화를, 특히 제2차 세계대전과 관련한 이런저런 이야기를 재미나게 들었던 기억이 난다. 세월이 흘렀어도 그 같은 일화와 사건들이 사람들의 기억 속에 생생히 살아 있었던 것이다. 밤의 토론장으로 변한 골목은 인류 역사에서 처음으로 등장한 도시와 비슷했다. 여기저기 상점이 생겨나면서 인파가 몰려들고, 새벽부터 밤늦게까지 아이들과 어른들이 생활하고 공부하고 일을 하고 노래를 불렀다. 도시의 어휘는 '협소함'이 특징이다. 골목, 뒷골목, 막다른 길, 지름길, 샛길, 통로는 상업과 교역의 신이 관할하는 구역이 아니다.

2021년 11월 서울시는 '메타버스 서울' 프로젝트를 내걸고 세계 최고의 가상 도시를 만들겠다는 의지를 표명했다. VR 고글을 쓰면 공식 아바타와 만나고, 직원 없이 민원 처리가 가능하며, 이동하지 않고서도 관광지를 구경하고, 홀로그램 아티스트들이 나오는 콘서트를 관람할 수 있다는 것이다.

하지만 정작 내 마음을 끄는 것은 그런 첨단의 구경거리가 아니라 도시를 인간과 경제, 물질과 금융의 연속적인 흐름으로 바꾸어놓은 상업의 일방적인 강요를 밀쳐내고 비로소 되찾은 공공장소에서 열리는 한마당이다.

도시는 언어와 더불어 태어난다. 성스러운 말이든 세속의 말이든 언어가 이 한정된 공간을 채운다. 이탈리아 남부 도시는 골목으로 넘쳐난다. 골목을 거닐고 골목에서 만나고 골목에서 서로 부르고 담소를 나눈다. 대개 원형인 작은 광장에서 단어들이 어우러져 돌고 또 돌아간다. 길은 외로운 이를 맞이하고, 그를 다른 고독에 이어준다. 낱말들이 허공으로 날아간들 어쩌랴. 파도가 되밀려오듯 다음날이면 돌아와 새 힘을 얻을 텐데.

1985년 10월 어느 날, 여섯 평 남짓한 이 누추한 골목에서 여인 셋과 사내 셋, 어린애 셋이 주거니 받거니 이야기를 나누며 문명의 과업을 이어간다.

도시는 언어와 더불어 태어난다. 성스러운 말이든
세속의 말이든 언어가 이 한정된 공간을 채운다.
이탈리아 남부 도시는 골목으로 넘쳐난다.
골목을 거닐고 골목에서 만나고 골목에서
서로 부르고 담소를 나눈다.

© 김기찬 | 1980. 8. 중림동 | 『골목 안 풍경 전집』, 158쪽

돌계단의 미소

어두워진 하늘이 땅까지 내려앉았고, 대기를 가득 채운 여름의 첫 더위마저 가실 기세다. 검은 장막이 눈앞을 뒤덮자 벼락같은 전율이 온몸에 인다. 굵은 빗방울이 어슬렁대던 이들을 거리에서 쫓아냈다. 계단 위로 철철 흐르는 빗물이 낮은 축대 옆에 고이고, 벽을 타고 내려온 물줄기가 콸콸 쏟아진다. 물살에 인간이 남긴 온갖 찌꺼기가 떠내려간다. 두 여인이 세월의 풍파로 울퉁불퉁하게 닳은 가파른 계단을 낑낑대고 올라간다. 빗물이 여울져 흐르는 돌계단이다. 여인들은 무릎까지 치맛자락을 걷어붙이고 부랴부랴 서두르지만, 행여 미끄러질세라 한 걸음 한 걸음이 조심스럽다. 한 여인은 뒷모습만 보이는데 좀처럼 멈추지 않을 듯하다. 뒤돌아선 다른 여인은 얼른 집으로 들어가려는 눈치다. 세찬 비바람에 우산도 무용지물이다. 그럼에도 여인은 사진 찍는 이에게 웃음 짓는 여유를 잃지 않는다. 한국 문화 곳곳에는 이 같은 장난스런 미소가 배어 있다. 지난 시절에는 고단한 세월에 맞서는 일종의 자기 방어였겠으나 오늘날 이것은 사소한 즐거움도 놓치지 않겠다는 이 나라 사람들의 열의를 보여주는 증거다. 이런 미소를 지을 수 있으려면 제법 유머가 있어야 하고, 폭풍우에도 어느 정도 익숙해야 한다.

비가 오든 눈이 오든, 거센 바람이 불어오든 무더위가 쏟아지든 인간은 서로 이해하려는 마음이 가득하다. 법으로 다스려지지 않을 때 자연은 변덕을 부려서라도 이 작은 세상을 길들이려는 듯하다. 비바람 몰아치는 날이면 우리는 이런저런 곤란을 겪는다. 그러면서 동병상련을 느낀다. 함께 수습하고 다시금 힘을 모으며 이웃의 딱한 사정을 헤아린다. 비라는 것이 대체 무슨 조화를 부리기에 이렇게 한 사람 한 사람을 이어주는 힘을 지니는 걸까? 가난한 이와 부유한 이, 남자와 여자, 젊은이와 노인을 가리지 않고 똑같이 흠뻑 적셔 차이마저 지워버리기 때문일까? 여유로운 저택 창가에서 바라보는 비는 운치 있지만, 전깃불도 안 들어오는 판잣집에서는 지구 종말의 날이 따로 없긴 하다. 하지만 자연재해는 대수롭지 않은 비바람에서 무시무시한 쓰나미까지 이재민들을 재앙의 생존자처럼 뭉치게 만드는 엄청난 위력과 특권을 지닌다. 특히 장마가 그렇다. 먹구름 잔뜩 낀 하늘이 도시의 뚜껑처럼 땅을 뒤덮을 듯하고 길은 걸핏하면 물에 잠기는데도 외려 우리는 서로 너그러워진다. 우산끼리 부딪쳐 앞 못 보고 허둥대는 모습을 보아도, 물웅덩이가 고인 길을 쌩 하고 지나가는 차가 딱한 보행자의 옷에 흙탕물을 잔뜩 튀겨도 웃는 이 하나 없다. 구경꾼이 있다 해도 모두 가엾은 산책자의 편이 될 것이다. 속옷까지 쫄딱 젖은 처량한 이가 버스정류장에 나타나면 당신도 사뭇 안쓰러워진다. 비가 온다고 위아래로 나눠진 계층이 뒤바뀔 일은 없지만, 너나없이 한마음이 된다는 말이다.

항구적인 전쟁 상태가 인간을 동요시킨다고 주장하는

홉스의 손을 들어줄 수도 있을 테다. 한데 자연재해가 개입하면 호전 태세도 이내 중단된다. 정치나 문화, 종교로 하나되지 못할 때 장맛비가 불운한 이들을 서로서로 이어주기도 한다. 돌계단에서 누군가 짓는 미소를 통해.

비가 오든 눈이 오든, 거센 바람이 불어오든
무더위가 쏟아지든 인간은
서로 이해하려는 마음이 가득하다.
법으로 다스려지지 않을 때 자연은 변덕을
부려서라도 이 작은 세상을 길들이려는 듯하다.

© 김기찬 | 1981. 3. 만리동 | 『골목 안 풍경 전집』, 319쪽

의정부의 오막살이

만리동을 굽어보는 언덕배기에서 뒷짐 진 한 남자가 바람을 맞으며 서 있다. 사라져가는 구도심과 그 자리를 밀어내고 들어선 신시가지를 바라본다. 국제 수도를 꿈꾸며 서울은 무엇이든 부수고 새로 짓는다. 그리고 잊는다. 다시 와보면 일 년도 지나지 않았는데 이 동네와 저 거리가 달라졌다. 차가 다니던 길은 보행자 전용로가 되었고, 건물이 올라선 데다 피맛골 해장국집은 에스컬레이터가 설치된 빌딩으로 이사했다. 벽에다 시 한 구절과 사랑하는 이의 이름을 머리글자로 남기고 그 옆에 화살이 관통한 심장을 그려놓은 술집들도 사라졌다. 부수고 지우고 감춘다. 내일이면 미술관과

전시회가 사라진 유산을 되살려낼 테다. 새로 만들어내지만 영혼은 사라졌다. 모든 것이 예상과 어긋날 때도 있다.

장인어른께서 살아계실 적 처가에 가면 나는 곧장 베란다로 향하곤 했다. 처가는 15층 아파트였는데, 베란다에서는 저 멀리 허름한 판잣집 한 채가 보였다. 공동주택단지에 밀려나 작은 언덕과 쓰레기가 마구 뒹굴어 다니는 길 사이에 간신히 자리를 잡은 누옥이었다. 다 쓰러져 가는 낡은 집이 결코 주도권을 놓지 않으려는 현대식 건물들에 꼿꼿이 맞서고 있었다. 해가 지날수록 고층 빌딩이 오막살이를 점점 에워싸면서 공세를 멈추지 않았다.

그 높은 베란다에서 나는 스러져 가는 세계의 마지막 유적을 응시했다. 그러면서 눈에 띄지는 않아도 그곳에 살고 있을 주민들을 찾고 있었다. 쇠사슬 달린 목줄에 온종일 매여 있는 개를 보니 누군가 사는 게 분명했다(아니, 그런데 한국에서는 왜 개를 허구한 날 개집에 묶어놓는단 말인가?). 나는 결말이 뻔히 보이는 싸움에서 끝까지 버티고 있는 외로운 섬을 응시했다. 양철지붕과 군데군데 금이 간 벽, 쓰레기장이나 다름없는 마당에 둘러싸인 그 집을 바라보며 내가 느낀 것은 향수가 아니었다. 비참에는 낭만과 혁명이 깃들 자리가 없다. 나는 옛집이 새 건물 앞에서 주눅 들지 않고 당당히 맞서는 모습이 좋았다. 이 꼭대기 층 베란다에서 보이는 판잣집과 개야말로 승리를 목전에 둔 적진의 포위 속에서 최후의 저항을 벌이는 고립지대처럼 느껴졌다. 그렇게 나는 제 두 발로 서서 살아갈 권리를 포기하지 않는 저 꿋꿋한 인물들을 지켜보았다.

조세희의 소설 『난장이가 쏘아올린 작은 공』°에는 이런 대목이 나온다. 어느 날 시청에서 행복동 주민들에게 제 손으로 집을 부술 것을 지시하면서 이를 따르지 않을 경우 철거 비용을 물리겠다고 위협한다. 낙원구 행복동에서는 '김불이'라는 인물의 가족이 하루하루 근근이 살아가고 있었는데, 개발의 신기루에서 소외된 이들은 어쩔 수 없이 식구의 보금자리를 제손으로 허물기에 이른다. 이것이야말로 경

° 　조세희, 『난장이가 쏘아올린 작은 공』, 1978.

제 발전이라는 미명 아래 자행되는 파렴치함을 단적으로 보여주는 사건이 아니고 무엇이겠는가.

오늘 아침 일찍 개가 다시 컹컹 짖었다. 한참을 짖었다. 지저분한 마당에서 보내는 마지막 나날에 한 번 큰소리를 내보는 걸까? 의정부의 오막살이에서 아우성이 들려온다.

나는 옛집이 새 건물 앞에서 주눅 들지 않고

당당히 맞서는 모습이 좋았다.

이 꼭대기 층 베란다에서 보이는 판잣집과 개야말로

승리를 목전에 둔 적진의 포위 속에서

최후의 저항을 벌이는 고립지대처럼 느껴졌다.

그렇게 나는 제 두 발로 서서 살아갈 권리를

포기하지 않는 저 꿋꿋한 인물들을 지켜보았다.

© 김기찬 | 1982. 6. 만리동 |『골목 안 풍경 전집』, 13쪽

죽음의 도시

1973년 5월 17일, 프랑스 남서부의 소도시 마자메는 '죽음의 도시'로 선포되었다. 거리마다 모든 상점이 문을 닫고 일체의 활동이 중단되고 차량이 전부 멈췄다. 움직임이 사라진 거리에서 주민 16,610명이 항의의 표시로 길바닥에 누웠다. 16,610인의 남자와 여자, 노인과 아이들이 죽음을 흉내냈다. 이 독특한 시위는 프랑스에서 발생하는 교통사고의 심각성을 알리기 위한 것으로, 당시에도 연간 사망자 수가 18,034명에 달했다. 텔레비전에서는 원자력발전소 폭발 사고라도 난 듯한 도시의 영상을 내보냈다. 영화 〈그날 이후 The Day After〉를 방불케 하는 죽음의 도시가 프랑스인들의 눈

앞에 펼쳐졌다.

1982년 6월의 어느 무덥고 화창한 날, 만리동 거리의 남자와 여자, 노인과 아이들은 아무런 흉내도 내지 않았다. 길 위로 드리운 오후의 네모난 그늘이 잠든 이들을 가려준다. 차가 오면 얼른 일어나야겠지만 설마 그런 일이 있겠냐 싶은 모습이다. 이들은 너무 뜨거운 햇볕과 너무 딱딱한 아스팔트와 무료하게 흘러가는 시간에 항의하기 위해 '죽음의 골목'을 선포했다. 막노동꾼이든 지친 행인이든 동네 주민이든 상관없다. 여름의 땡볕은 움직이고 걷고 일하려는 의지, 심지어 사랑을 나누고픈 의지마저도 무참히 꺾어버린다. 가다가 멈춰서 공공장소든 어디든 벌러덩 누워버리면 길바닥이 곧 안방이다. 내가 보기에는 말없는 시위가 언제나 더 강력하다. 반대의 표시로 침묵하는 수천 명 사이에 감도는 불안만큼 메시지를 듣는 이들을 불편하게 만드는 것도 없기 때문이다. 길바닥에 널브러져 있는 이 사람들은 바쁘게 돌아가는 세상과는 별개인 듯하다. 이들은 허락도 없이 부재 중이다. 한데 시대가 바뀌었다. 자동차와 상품과 정보의 물결이 밀려와 잠자는 이들의 자리를 차지했고, 그 누구도 이를 탓하지 않는다. 이것이야말로 사람을 위해 만든 도시가 상업을 위해 만든 도시로 바뀌었다는 것을 보여주는 징표라 할 만하다. 하지만 그 위에 눕는 것만큼, 그렇게 한 몸이 되어 그 딱딱함을 느끼고, 제집에 들어서듯 옆에다 얌전히 신발을 벗어놓고, 땅을 달래주고 얼러주는 것만큼 한 도시를 사랑하는 근사한 방법이 또 어디 있을까! 사랑의 속삭임이 밀어가 되는 곳이 바로 골목이다. 어느 무더운 여름 오후, 만리동 주민 몇몇은 삶과 도시를 너무도 사랑한 나머지 그 품에 안겨 스르르 잠이 들었다.

© 김기찬 | 1989. 8. 아현동 「골목 안 풍경 전집」, 25쪽

거리는 우리들 세상°

1989년 8월 어느 무더운 날, 사내아이 둘과 여자아이 셋이 여름옷 차림으로 방학 숙제를 한다. 아이들은 선풍기도 없는 찜통 같은 집에서 나와 비탈길 한복판에서 공부하는 중이다. 놀라운 건 이 녀석들이 땅바닥에 돗자리를 깔거나 종이 상자를 뜯어 펼쳐놓고서 으레 그렇듯 그 위에 배를 깔고 엎드려 책을 본다는 것이다. 길거리가 도서관이라도 된 양 내리막 골목을 차지하고 열심히 숙제를 하면서 지나가는 사람들의 시선을 끄는데, 이 또한 제법 희한한 광경이다. 하지

° 2019년 차 없는 거리를 만들기 위해 파리에서 일어난 운동.

만 뭐니 뭐니 해도 가장 신기한 것은 차가 오면 자리에서 벌떡 일어나야 할 텐데 그럴 리가 없다고 굳게 믿는 듯한 아이들의 태도다.

자동차가 도시를 점령하여 거리를 지붕 없는 주차장으로 만들고 꼬맹이들을 놀이터로, 청소년들을 으슥한 뒷골목으로, 어르신들을 공원으로 떠밀어 보내기 전의 풍경이다. 이 동네 아이들은 1989년 8월, 온 나라를 발칵 뒤집어 놓은 사건°이 일어났는데도 전혀 모르는 듯 천진난만한 모습으로 방학 숙제를 하느라 여념이 없다.

거리는 아이들 세상이다. 길은 마주 보는 집들을 갈라 놓는 경계선에 그치지 않는다. 반대쪽으로 가려면 넘어가야 하는 아스팔트 바닥에 불과한 것도 아니다. 맞은편에 가면 내가 있던 곳이 보인다. 길은 사적 공간의 연속이고, 집 문턱의 연장이다.

예전에는 공공장소에서 자기 일을 하는 모습을 흔히 볼

° 1989년 8월 5일, 김대중이 북한과의 내통 혐의로 기소되었다.

수 있었다. 방망이 깎는 노인을 비롯하여 구두닦이며 점쟁이며 눈깔사탕, 아이스께끼 장수며 거리의 악사며 연탄배달부 같은 오만 사람이 다 길에 나와 있었다. 그 시절 거리는 거래와 호객과 흥정과 눈물과 고성방가의 장이었고, 몰래 나눈 입맞춤이 더없이 짜릿한 곳이었다. 삼삼오오 모여 공부하던 당시의 '국민학생'들은 안과 밖을 이으며 마음속 풍경을 보여준다. 아이들은 가정의 전파자이자 연장선이고, 근대화를 맞이하는 한국의 중개자이기도 했다. 안쪽에서 넘치는 것을 바깥이 맞아들이던 시절이다.

"[…] 그게 바로 내가 느끼는 감정이겠지. 안과 밖이 있고, 그 한가운데 내가 있나는 느낌. 또 그게 바로 나 자신이 아니겠나. 세계를 둘로 나누는 바로 그것 말이지 […]"°라고 베케트도 말하지 않았던가.

바닥에 엎드린 아이들은 행인들의 시선은 아랑곳하지 않은 채 공책과 지식과 무지를 펼쳐놓는다. 아이들은 아무

° 사뮈엘 베케트, 『이름 붙일 수 없는 자』, 전승화 옮김, 워크룸프레스, 2016.

것도 감추지 않는다. 아는 게 별로 없어도, 머릿속에 잘 안 들어와도 창피하지 않다. 조금 더 똑똑한 친구가 옆에서 틀린 곳을 짚어주거나 아예 정답을 알려주면 헤벌쭉 웃는다. 짝꿍의 답을 베끼고, 또 서로서로 베껴도 거리낄 게 없다. 어쨌든 거리가 우리들 세상이란 말이다.

거리는 아이들 세상이다.

길은 마주 보는 집들을 갈라놓는 경계선에 그치지 않는다.

반대쪽으로 가려면 넘어가야 하는 아스팔트 바닥에

불과한 것도 아니다. 맞은편에 가면 내가 있던 곳이 보인다.

길은 사적 공간의 연속이고, 집 문턱의 연장이다.

© 김기찬 | 1988. 8. 행당동 | 『골목 안 풍경 전집』, 301쪽

길모퉁이 복덕방

가게 앞에 내놓은 파 한 단을 기준으로 완벽한 대칭을 이루며 두 여인이 성큼성큼 걸어온다. 이들이 만나는 지점까지 양쪽에서 선을 그으면, 땅만 보고 걷던 두 사람은 사진 아래 여백에서 부딪치고 말 것이다. 동시성이야말로 문학작품이나 영화의 단골손님으로, 멕시코 감독 이냐리투°는 그 예를 실감 나게 보여준다. 같은 시각, 다른 장소에서 결국 하나로 합쳐질 수밖에 없는 장면이 제각각 펼쳐진다. 몇 초전까

° 알레한드로 곤잘레스 아냐리투는 칸 영화제 감독상(2006), 골든 글로브 감독상(2016) 등 세계영화제에서 60여 개의 상을 수상했다.

지 피차 존재하는지도 몰랐던 생판 남남인 두 인물이 갑자기 마주치고 함께 시간을 보낸다는 발상이 여간 흥미롭지 않다. "살면서 사람들은 서로 만나 수다를 떨고 토론을 벌이고 말다툼을 하면서도 각자 멀리서 말을 걸고 있고, 저마다 시간의 다른 지점에 세워진 전망대에서 그러고 있다는 것을 알아채지 못한다."°고 밀란 쿤데라는 말했다.

복덕방은 허름한 집들이 늘어선 길모퉁이에 자리 잡은 죄밖에 없다. 이 무고한 가게의 주도로 뜻밖의 만남이 이루어진다. 당황한 두 주인공은 옆을 돌아볼지도 모르고, 그러다 이곳의 두 간판이야말로 근대화의 이전과 이후, 즉 양 세대의 잠재 고객을 아우를 만한 옛말과 새말이라는 사실을 확인할 수도 있다. 두 사람이 만나는 순간, 무슨 일이 벌어질까? 상상은 무한대로 가능하다. 가게는 분명 한 여인은 복덕방 문으로, 다른 한 여인은 부동산 문으로 들어오기를 바랄 테다. 이들은 집과 아파트와 땅을, 물 한 병과 담배 한 갑

° 밀란 쿤데라, 『무의미의 축제』, 방미경 옮김, 민음사, 2014.

을, 파 한 단과 우유 한 곽을 살 테고, 이 우연한 만남을 통해 다 무너져 가는 중개업소는 또 하루를 더 살아남을 수 있을 것이다.

© 김기찬 | 1980. 7. 공덕동 | 『골목 안 풍경 전집』, 110쪽

개만 안 웃는다

가족으로 보이는 아이 셋과 엄마는 뭐가 그리 좋은지 웃음 꽃이 피었다. 막내와 큰딸 사이에 무엇인가 통한 게 분명하다. 사진 찍는 이와 시선이 마주친 꼬맹이는 어색한 미소를 짓는다. 낯선 사람이 끼어들지 않았다면 더 활짝 웃었을지도 모른다. 엄마는 흐뭇한 표정으로 어린 자녀들을 바라본다. 막내는 마냥 신이 났고, 덩달아 언니들과 엄마, 그리고 카메라를 든 사람까지도 즐거울 테다. 웃음은 전염되기 때문이다. 심각한 건 개뿐이다.

17, 18세기에는 생체 해부대에 동물을 묶어놓고 실험을 했다. 가엾은 짐승이 몸부림치고 신음하는 모습을 보면서

당시 과학자들은 그것이 순전히 무의식적인 반응이자 일종의 반사작용이라고 추론했다. 따라서 동물은 감정도 없고 느낌을 표현하지도 못한다는 결론을 내렸다.° 개가 웃을 수 있다는 생각은 상식에서 벗어난 것이었다.

저명한 동물행동학자 콘라트 로렌츠는 개도 웃을 수 있다고 주장했다.°° 오늘날 과학자들은 좀 더 신중한 입장이지만, 개에게도 웃음이 존재한다는 데는 의견이 일치한다. 개의 웃음은 인간의 웃음과는 다른 형태로 존재한다. 입을 양 끝까지 쫙 벌리고 입술을 축 늘어뜨린 채 숨 가쁘게 헐떡이다 보면 소리가 나오는데, 그렇게 개가 웃는다고 할 수 있다. 유머를 타고났고 이살을 부릴 줄 아는 영장류가 가장 잘 웃기는 한다. 한데 쥐도 간지럼을 태우면 웃는다. 라블레의 주장°°°처럼 웃음은 "인간만의 속성"이 아니라는 말이다. 검색창에 '웃는 동물'이라고 입력하기만 해도 유쾌한 동

○　마크 롤랜즈, 『동물의 역습』, 윤영삼 옮김, 달팽이출판, 2004.
○○　콘라드 로렌츠, 『인간, 개를 만나다』, 구연정 옮김, 사이언스북스, 2006.
○○○　프랑수아 라블레, 『팡타그뤼엘 제3서』, 유석호 옮김, 한길사, 2006.

물들의 사진이 쏟아져 나온다. 이토록 암울한 세상에서 카
메라를 앞에 두고 웃을 수 있는 인간은 썩 많지 않겠지만
말이다.

© 김기찬 | 1991, 서울 | 『골목 안 풍경 전집』, 22쪽

우산을 짚고 있는 소녀

'마이 프렌드'라고 적힌 티셔츠를 입은 남동생의 목에 팔을
두른 채 맏딸로 보이는 여자아이가 애틋하게 바라보지만,
엄마는 꿈쩍도 하지 않는다. 팔짱을 낀 자세는 실제로 그런
지, 아니면 그런 척하는 건지는 몰라도 어쨌든 마음이 열리
지 않았다는 표시다. 한데 빗장이 곧 풀릴 것 같기도 하다.
오늘날에도 간간이 보이기는 하나 이제 구시절의 유물이 되
어버린 골목을 배경으로 펼쳐지는 실랑이의 한 장면이다.
세 사람 가까이서 제3의 인물이 말없이 동참하고 있다. 꼬
마 숙녀는 고대의 비극 배우처럼 우아하게 서 있다. 소녀의
존재 덕분에 장면은 희극으로 흘러가지 않는다. 엄마와 언

니 옆에서 더욱 작아 보이는 소녀는 곁다리나 다름없는 위치에 있지만, 팔을 안으로 구부려 무대를 제 쪽으로 끌어온다. 그렇게 완성된 이미지에는 숭고함이 깃든다.

여자아이의 자세는 큰누나의 힘센 팔에 붙들린 남동생과 닮았다. 살짝 치켜뜬 두 눈이 제법 영리해 보인다. 무대 가장자리에 있다가 언제든 끼어들 기세로, 다른 세 인물 사이에서 소외되고 싶지 않은 것이다. 아이의 가녀린 몸은 기품이 넘친다. 앙상한 두 다리로 버티고 선 아이는 남동생이 자기한테 오기를, 와서 언니가 아니라 제 목에 매달리기를, 아니 어쩌면 자신을 데려가기를 바라는 눈치다. 팔을 안쪽으로 굽힌 자세는 옛날 배우들의 판에 박힌 연기를 흉내 내는 듯하다. 대사라도 낭송하려는 걸까?

「18세기 배우의 연기: 느낌을 전달하기 위한 것인가, 인기를 끌기 위한 것인가」°라는 논문에서 사빈 샤우슈는 다

○   더 프렌치 맥, 퍼포먼스 앤 드라마.
    https://www.thefrenchmag.com/Le-jeu-du-comedien-au-XVIIIe-siecle-faire-sentir-ou-faire-sensation-Par-Sabine-Chaouche_a716.html

음과 같이 말한다. "관중은 까다로운 존재다. 따라서 배우가 일정한 기대에 부응하기를 바란다. 감정의 연출이 중요한 비극 공연을 관람할 때는 특히 더 그렇다. 18세기의 관객은 격렬한 감정, 더 나아가 심장이 터질 듯한 감정을 느끼기 원했다. 이야기로 '감동을 받을' 뿐 아니라 행위로 '충격을 받기' 바랐던 것이다. 1747년 피에르 레몽 드 생탈빈이 『연극배우』라는 저서에서 '우리가 비극에서 기대하는 것은 바로 격렬한 동요'°라고 한 것도 같은 맥락에서 나온 말이다. 그에 따르면 비극 배우는 관객을 '흔들어놓는' 것에 그치지 말고 '다른 곳으로 데려가야' 하고 '압도적인 연기를 보일' 뿐 아니라 '마음을 홀려야' 하며, '감동시키는' 선에 머무는 것이 아니라 '가슴을 찢어놓기도' 해야 한다."

이 고대 비극 배우의 몸짓이 소녀에게 희극적인 위엄을 드리운다. 이는 자신을 밀어내는 이들을 가족의 울타리 밖으로 내쫓으려는 앙갚음의 몸짓이다. 분명 아이는 중대한

° 레몽 드 생탈빈, 『연극배우』, 뱅상 피스, 1747, 112쪽.

결정을 내리기 직전이다. 그러기 전 침묵이라는 긴 연설로 모두에게 이 상황을 해결할 방법을 찾아 들러리 노릇에서 벗어나게 해달라고 호소하는 눈치다.

어린 시절 집에서든 친구들 사이에서든 따돌림을 당하지 않은 사람이 있을까? 부지기수로 겪었든, 딱 한 번 당한 일이든 그 기억은 좀처럼 지워지지 않는다. 이 사진은 친구 생일잔치에 한 번도 초대받은 적이 없는 아이와 학교 운동장에서 혼자 책을 읽어야만 하는 아이, 댄스홀 구석에 홀로 남겨진 이, 그리고 추적추적 내리는 비를 맞으며 외로이 걸어가는 모든 이를 위한 것이리라.

팔짱을 낀 자세는 실제로 그런지, 아니면
그런 척하는 건지는 몰라도 어쨌든 마음이
열리지 않았다는 표시다.
한데 빗장이 곧 풀릴 것 같기도 하다.

© 김기찬 | 1988. 9. 도화동 | 『골목 안 풍경 전집』, 189쪽

그 시절 그 몸짓

컬러사진은 너무나 생생한 진실로 치장한 탓에 썩 와닿지 않는다. 여러 주제를 하나로 녹여내는 흑백사진과는 달리 진실에 옷을 입혀 낱낱의 구성요소를 도드라지게 만들려는 그 욕망이 부담스럽다. 총천연색 사진은 별 감흥이 없다.

하지만 도화동의 깔끔한 골목에서 찍은 이 사진 앞에 서는 나도 모르게 시선이 멈췄다. 유별날 것 하나 없지만 이제 더 이상 볼 수 없는 장면에 새삼 마음이 끌렸다고나 할까. 아직 코밑에 솜털밖에 안 난 사내아이 열 명이 카메라 앞에서 포즈를 잡았다. 무리의 끈끈한 우정이 유독 눈에 들어온다. 분명 동네 까불이들로, 괜히 조무래기들을 겁주고 다니는 패거리라기보다는 어느새 훌쩍 커버린 악동들의 무리일 테다.

놀라운 것은 아이들이 저마다 보이는 각양각색의 몸짓이다. 한 녀석은 보이지 않는 시합에서 이기기라도 한 듯 오므린 손을 높이 들고, 옆에 있는 아이는 격투기 선수처럼 양주먹을 내밀고 있다. 벽 쪽에 있는 아이는 익살맞은 표정을 짓고, 저 뒤에 있는 다른 아이는 두 팔을 벌리고 주먹을 꼭 쥐어 위세를 뽐내는 듯하다. 가운데 자리한 두 녀석은 물구나무 선 아이들의 허리를 잡아 번쩍 들어올렸다. 소년들은 개성 넘치는 몸짓으로 제각각 구별된다. 그런데 뒤로 빠져 벽에 기대고 있는 한 아이가 눈에 띈다. 삐쭉 나온 입을 보니 무리에서 소외된 모양이다. 어쩌면 제일 꼬맹이라 딴 녀석들이 끼워주지 않았거나 카메라만 있으면 다들 우스꽝스러운 표정을 짓는데 저만은 그러고 싶지 않다는 의지의 표명일 수도 있다.

그런데 내가 보기에 그보다 더 놀라운 것은 무리 중 누구도 승리의 브이V 자 표시를 하지 않았다는 것이다. 오늘날 사진마다 보이는 그 포즈 말이다. 승리의 브이는 아시아 전역에 퍼졌는데, 특히 한국인들은 카메라만 들이대면 애어른 할 것 없이 으레 두 손가락을 치켜세운다. 이 표시는 제2차 세계대전 승전 이후 앵글로색슨 국가들에서 시작되어 일본에 수입된 것으로, 정확히는 영국에 망명 중이던 벨기에의 한 장관이 국민들에게 승리를 염원하는 의미로 이 손짓을 사용하자고 호소한 일이 시초가 되었다.

이후 1972년 일본계 미국 피겨스케이팅 선수 재닛 린에 의해 널리 알려졌는데, 삿포로 올림픽 결승에서 그녀는 따놓은 당상인 줄 알았던 금메달을 아쉽게 놓쳤지만 빙판을 나가면서 손가락으로 그린 브이 자로 일약 스타 반열에 올랐다. 1968년에 나온 유명한 만화 『거인의 별巨人の星』에서도 얼핏 그 흔적이 보이기는 하나 이 손짓이 결정적으로 확산된 계기는 1972년 일본의 어느 유명 가수가 찍은 코니카 필름 광고다. 그 이후에는 한국 대중문화에 침투한 일본 대중가요가 트로이의 목마 구실을 했다.

1988년 도화동에서 찍은 이 사진은 카메라만 들이대

면 어김없이 나오는 브이 자를 모르던 시절의 것으로 추정된다. 오늘날 이 손짓은 맞수를 만났다. 엄지와 검지를 엇갈려 하트를 만드는 것인데, 이 역시 호감의 상징이다. 프랑스에서는 돈 이야기를 할 때 보이는 제스처로, 대개 값이 비싸다는 의미다. 이 경우, 검지를 엄지에 빠르게 문지른다. 이것 말고도 경합을 벌이는 몸짓이 두 가지 더 있다. 하나는 두 손을 살짝 벌려 얼굴을 감싸는 모습으로 피어난 꽃봉오리를 뜻하고, 다른 하나는 두 팔을 올려 머리 위에서 만나게 하는 동작이다. 둘 다 사랑하는 마음과 수줍은 유혹의 표현이다.

삼십 년이 채 지나지 않았는데 우리는 개성 넘치는 몸짓의 시대에서 반복과 모방의 시대로 넘어오고 말았다. 한국 사람들이 찍은 개인 사진이나 단체 사진을 보면 판에 박힌 듯 자세가 똑같다. 80년대의 자유분방하고 장난스러운 몸짓은 온데간데없고, 목석처럼 딱딱하거나 그렇지 않으면 웃기려고 일부러 꾸며낸 포즈가 그 자리를 차지했다. 한국에서 하트 표시로 바뀐 승리의 브이 자는 유혹과 '애교'의

상징이 되었는데, 이 애교라는 것은 대놓고 하는 유혹에 익숙지 않은 일본 젊은이들 사이에서 통용되다가 다른 연령대까지 퍼진 '가와이可愛い'의 한국 버전이라고 할 수 있다. 그런 의미에서 성형수술과 화장품 시장의 확대, 개성을 지워버리는 이 두 현상이야말로 '귀여움'을 표방하는 애교 섞인 몸짓의 출현과 연관이 있는 게 아닐까?

승리의 브이 자는 전 세대가 이 같은 식별의 표시를 받아들이게 만든 일본 매체의 영향력을 보여준다. 가령 얼굴 옆에다 대고 이 몸짓을 하는 아가씨는 그렇게 하면 자신이 더 귀여워 보인다고 생각한다. 한국에서 애교는 젊은 한국 여성들이 부리는 이양 속에 자리를 잡았고, 케이팝에 심취한 청소년 다수를 거쳐 이제는 새로운 유혹의 방식을 발견하고 반색하는 중장년층에게서도 나타난다.

이 책에 주로 소개된 60년대부터 80년대의 사진 속 인물들이 유교 문화 탓인지 하나같이 웃음기 없는 굳은 표정을 보인다면, 2000년대의 사진은 이 같은 엄격함에 등을 돌린다. 자유주의 경제의 도래와 함께 몸도 해방된 것이다.

군홧발 소리가 쿵쿵 울리던 암울한 산업화 시대를 지나 레저 산업이 성황을 이루는 소비 시대로 옮겨가면서 전통문화에 갇혀 있던 몸이 이제 매체가 되어 자신만의 담론을 표방하고 나섰고, 성전에서 쫓겨난 상인들이 잽싸게 이 담론을 제 것으로 만들었다.

지난날의 결속은 급성장한 개인주의에 자리를 내주었다. 사회 제도의 감시 속에서 억눌렸던 충동도 표현 방식을 찾았다. 성형수술과 화장품 산업이 이 같은 과정을 가속화시켰고, 사회 제도가 다시 이 과정을 제 것으로 삼았다. 그리하여 끝없는 나선 계단이 세워졌다. 아름다움은 가치가 되었고, 애교는 아름다움을 돋보이게 하는 수단이 되었다.

저마다 독특함을 뽐낼 수 있는 세상이 온 걸까? 경제 체제를 잘 모르면 그런 생각을 할 수도 있다. 이제 알뜰하게 저만의 매력을 가꾸는 것을 아무도 알아주지 않는 분위기다. 각자 개성을 추구할 수는 있겠지만, 그것도 옆 사람의 개성과 똑같이 만들 수 있는 능력이 있을 때나 가능하다는 말이다.

도화동의 깔끔한 골목에서 찍은

이 사진 앞에서는 나도 모르게 시선이 멈췄다.

유별날 것 하나 없지만 이제 더 이상

볼 수 없는 장면에 새삼 마음이 끌렸다고나 할까.

© 김기찬 | 1984. 10. 아현동 |『골목 안 풍경 전집』, 71쪽

하품하는 할머니

1984년 아현동. 광주 민주화 항쟁°과 서울올림픽 한가운데 낀 해다. 한적한 골목에 쌓여 있는 연탄재 더미가 눈에 띈다. 누가 와서 얼른 실어 가주거나 장난삼아 뻥 차주기만을 기다리는 듯하다. 아무도 안 보는 데서 할머니가 입을 쩍 벌리고 하품을 한다. 보는 사람도 하품이 나올 법하지만 그보다 내 관심을 끄는 것은 할머니가 동시에 하는 몸짓, 바로 이마를 긁적이는 몸짓이다. 불쑥 떠오른 어떤 생각을 지워

° 1981년 계엄군은 민주화 시위대를 향해 발포했다. 군사 정부는 400명의 사망자와 3,500명의 부상자가 발생했다고 발표했으나 인권단체에 따르면 희생자 수는 훨씬 더 많은 것으로 추정된다.

버리려는 걸까? 아니면 턱이 빠지도록 하품을 하다 사라질 지도 모르는 그 생각을 새겨두려는 걸까?

카메라에 포착된 이 내밀한 순간은 무력함의 순간이기도 하다. 입이 찢어질 만큼 크게 하품을 하는 것 말고 무얼 할 수 있겠는가. 지나가는 사람 하나 없는 골목에서 발판 위에 걸터앉은 할머니에게 닥친 것은 졸음이 아니라 권태다. 할머니는 고개를 떨구고 등을 구부린 채, 한쪽 팔꿈치는 무릎에 받치고 다른 손으로는 몸의 균형을 유지하고 있다. 팔만 봐도 그 같은 자세를 유지하느라 애쓰는 티가 난다. 할머니는 하품이라는 행위에 대체로 전제된 현실의 상실과 이 상실이 지닌 모든 특징을 부여준다. 하품은 세상을 등지는 것이고, 돌연 사라지는 것이며, 작은 죽음이나 마찬가지다. 하품이라는 행위에 신체가 얼마나 많이 동원되는지 생각해본 적이 있는가. 두개골 속에서 여러 움직임이 일어나고, 숨뇌와 다리뇌를 거쳐 경부 척수까지 가담한다. 이 집중 작용이 바로 머리가 찌릿찌릿하게 아픈 듯한 증상의 원인으로, 할머니는 바로 이 통증을 가라앉히려는 것이다.

횡격막, 경부와 인후, 즉 목과 목구멍의 몇몇 근육이 수축하고, 인두 지름이 최대한 팽창하며, 유스타키오관이 닫히면서 귀도 살짝 먹먹해진다. 눈물이 찔끔 나오기도 한다. 하품이라는 행위를 통해 우리는 현실에서 분리되고 외부 세계를 밀어내는 것이다. 한데 우리를 고립시키는 것 같은 하품이 실은 사회성을 나타내는 표시가 되기도 한다. 누가 쩍하고 하품하는 모습을 보면 우리도 따라 하고 싶어진다. 하품하는 순간에는 이보다 더 중요한 것이 없고, 이 할머니처럼 대놓고 하면 보는 사람도 덩달아 하품이 나온다. 시원하게 하품하는 모습은 늘 보기 좋다. 하품하는 사람은 제 안으로 들어가 우아함과는 거리가 멀어도 은총 가득한 이 순간에 온전히 자신을 맡긴다. 하품이 대뇌에 흘려보내는 싱그러운 피가 주인을 소생시키는 이 순간만큼 감미로운 것이 또 어디 있을까! 귀가 살짝 먹먹한 것도 고립의 느낌을 더하고, 혼자만의 세계로 돌아가고 싶다는 열망을 불러일으킨다. 그리하여 주위에 신호를 보내는 것이다. 리듬과 하던 일과 분위기를 바꿔야 할 때라고. 손님도, 구경꾼도 없

고, 아파트나 주택이나 대지를 사고팔 마음도 없는 어느 날,

나른한 할머니는 무료함을 견디다 못해 하루가 저물기만을

기다린다.

카메라에 포착된 이 내밀한 순간은

무력함의 순간이기도 하다. 입이 찢어질 만큼

크게 하품을 하는 것 말고 무얼 할 수 있겠는가.

지나가는 사람 하나 없는 골목에서 발판 위에

걸터앉은 할머니에게 닥친 것은 졸음이 아니라 권태다.

© 김기찬 | 1990. 4. 중림동 | 『골목 안 풍경 전집』, 20쪽

통증을 없애드립니다

등이 아예 기역 자로 굽어버린 이 할머니처럼 언젠가 나도 한 걸음을 떼기 힘든 적이 있었다. 허리가 삐끗하는 바람에 엉거주춤하다 함께 가던 무리에서 한참 뒤처지고 말았다. 어느 화창한 여름날, 일찌감치 완노 구경에 나선 길이었다. 안마든 발 마사지든 뭐라도 좋으니 그저 아프지 않게 해줄 곳을 찾아 절뚝거리며 간신히 걸어갔다. 그렇게 어르신 열대여섯 분을 대동하고 통증완화센터라는 곳에 다다랐다. 그곳은 햇볕에 시커멓게 그을리고 쪼글쪼글한 얼굴에 밭일로 허리가 굽고 삭신이 쑤시는 이들로 북새통을 이루고 있었다.

아시아에서 병원 진료를 받으려면 미리 알아두어야 할

사항이 있다. 프랑스와는 달리 환자의 상태가 만천하에 공개될 수도 있다는 사실이다. 언젠가 장인어른이 입원해서 병원 복도에서 의사와 이야기를 나누는데, 사람들이 주위로 모여드는 바람에 환자의 사정이 본의 아니게 다 알려지고 만 적이 있다. 한국에서는 대수롭지 않을지 몰라도 프랑스라면 상상도 못 할 일이다. 의료상의 비밀은 신성불가침의 영역에 속하기 때문이다. 가령 프랑스의 침술소는 모든 공간이 나뉘어 있고, 문을 닫아놓거나 커튼으로 가려놓았다. 시술이 이루어지는 삼십 분 동안은 다른 환자를 볼 일이 없다.

친절해 보이는 의사가 한 무리의 환자들 앞에서 내게 물었다. 남쪽 외딴 시골 마을에 서양 사람이 왔으니 호기심도 생기고 다른 환자들보다 젊어 보여 궁금하기도 했을 테다. 의사는 내게 주사를 두 대 놓겠다며 처음 것은 약간 따끔하고, 그다음엔 하나도 안 아플 거라고 했다. 그렇게 해서 마찬가지로 치료 중인 십여 명의 사람들 앞에서 엉덩이를 다 내놓고 기다리다가 옆방으로 향했다. 열대여섯 명 되는 환자들이 저마다 무릎이나 어깨나 등에 의료기를 부착하고 누워 있는 대기실은 '한국전력' 별관이라도 되는 것 같았다. 저마다 다른 곳이 아픈 환자들이 '통증'이라는 이름의 공동체 속에서 하나 된 모습이었다. 나는 작은 1인실로 안내를 받았다. 조금 뒤 건장해 보이는 체격의 물리치료사가 와서 나를 침대에 묶었다. 두꺼운 플라스틱 덮개에 압박 벨트를 한두 개도 아니고 세 개씩이나 바짝 매서 옴짝달싹할 수가 없었다. 질식하기 직전인 내게, 그리고 내 일행들에게 치료사는 아픈 근육을 잡아당길 거라고 예고했다.

1610년, 종교전쟁의 재발에 대한 두려움으로 앙리 4세를 암살한 프랑수아 라바이약은 힘센 말 네 마리에 묶여 사지가 찢기는 형벌을 받았다. 의료기에 묶인 나도 온몸이 쭉쭉 늘어나는 놀라운 경험을 했다. 복부에서 쏴아, 하고 일어난 파도가 짧은 물결로 휘몰아치며 무릎까지 다다랐다. 파도가 끝없이 해변으로 밀려와 부서졌다. 허벅지 중간까지 내려온 덮개는 턱 밑까지 올라갔다가 다시 내려갔다. 진동은 규칙적이었다. 이 기계가 내 몸통에서 다리를 끊어놓기라도 할까 봐 덜컥 겁이 나면서도 허벅지가 쭉 늘어나는 느낌이 신기했다. 접힌 몸이 펴지면서 몇 센티미터 길어지는 것 같았다. 그런데도 정작 나 자신은 묵직한 덮개에 눌려 손 하나 까딱 못한 채 치료사의 처분만 기다리는 처지라니 이루 말할 수 없이 묘한 기분이 들기도 했다. 그러다 다시 파도가 밀려왔다 사라지면 평온함이 깃들었다. 물론 일행들이 이 광경을 지켜보았고, 그중 한 명은 사진사라도 된 양 서슴없이 내 모습을 찍어댔다. 십 분 뒤, 내 걸음걸이는 몰라 보게 나아졌다.

통증완화센터를 나오면서 나는 침대에 나란히 누워 더 짜릿하게 전기가 통하기만을 기다리는 열대여섯 명의 환자 앞을 다시 지나야만 했다. 다들 두 눈은 천장을 향한 채 팔을 축 늘어뜨리고 말없이 똑같은 치료를 받고 있었다. 하루가 멀다 하고 병원을 드나드는 게 분명한 이 노인들은 공동묘지 같은 침묵 속에서 기다리고 있었다.

혹시라도 내 처지를 한탄할 날이 온다면 꾸부정하고 상처투성이에 여기저기 뒤틀린 그 노인들의 몸을 떠올리려 한다. 고통에도 불구하고 시커멓게 탄 그들의 얼굴에서는 만사를 내려놓은 듯한 담담한 기색이 느껴졌고, 그 같은 무심함이야말로 일체의 불평을 무력하게 만드는 것이었다. 고된 밭일을 통해 그들은 아픔을 견디는 법까지는 아니더라도 통증에 익숙해지고 묵묵히 치료를 받으러 다니는 법을 배운 게 분명했다. 나와는 다르게 말이다.

2장

✣

생생한 현실의 포착,
조세희를 기리며

1942 ~ 2022

Jean-Claude de Crescenzo

•

프랑스에서 조세희는 『난장이가 쏘아올린 작은 공』으로 알려졌으나 내가 쓰고 있는 이 글에 영감을 준 책°은 아직 소개되지 않았다. 이 사진집은 그가 문학작품을 통해 보여준 격렬한 사회 비판과 같은 맥락에서 노동 현장과 어두운 표정의 인물들, 질퍽질퍽한 길, 녹록지 않던 시절을 가차 없이 드러낸다. 그러나 작품 곳곳에서 묻어나는 고단함에도 아이들의 웃음은 음울한 풍경에 드리운 한 줄기 햇살처럼 반짝인다. 희망이 발붙일 곳 없던 80년대를 배경으로 한 조세희

° 조세희, 『침묵의 뿌리』, 열화당, 1985.

의 사진들은 오로지 본질에 집중했다. 아무런 기교도 없고 겉멋을 부리지도 않았다. 실내가 아니라 바깥에서 삶이 움직이고 펼쳐지다 사그라드는 사진들이다. 피사체는 잠시 머물 뿐. 순간은 지속되지 않기에 이미지보다 더 시급하고 더 긴요한 다른 것으로 넘어가야 하는 것이다. 그 어떤 공감대가 형성되더라도 사진은 상황의 윤곽이나 순간의 절박함을 온전히 전달하지 못한다. 본질과 공감. 몸 전체가 나오는 사진이든, 표정에 집중한 사진이든 찍는 이의 의도와 피사체의 진실 사이의 거리는 희망조차 사라진 듯한 여위고 지친 얼굴이 지닌 존엄성으로 압축된다. 그리하여 결정적인 순간, 이 얼굴은 놀라우리만큼 담담해 보인다. 80년대의 삭막한 풍경, 아무것도 없이 노는 아이, 고된 노동. 조세희의 사진 작업에는 엿보는 듯한 시선은 조금도 느껴지지 않고, 오직 생생한 현실의 포착만 존재할 따름이다. 궁핍을 넘어 비참에 가까운 시절에 근대화의 역군이 되었던 이들의 존엄성이 고스란히 남아 있다. 고달픔이 묻어나오는 일련의 작품에서 한 장 한 장은 서로 대체될 수 없는 것들로, 모든 사진이 감상하는 이의 시선 아래 어우러지고, 내면에서 비로소 그 어떤 관점이 생겨난다. 감상자는 그 관점을 제 것으로 삼아 그 것을 지니고 감당하는 것이다. 바로 이처럼 시커먼 연탄 자국과 잿빛 빗줄기로 얼룩진 곳에서, 황급히 달려간 발자국에 더럽혀진 눈밭에서 노동의 결실이 분배된다. 부富는 국가의 근대화에 이바지하고, 그것은 전기와 교통, 농업과 식량의 형태로 이루어진다. 사진집에 수록된 다른 작품에서는 나라를 사랑하라는 메시지가 보인다. 수확의 큰 몫은 금융 자본을 독점한 이들을 넉넉히 먹이는 데 쓰이고, 땀 흘리지 않고는 먹고 살 수 없는 생산자들에게는 배곯지 않을 만큼만 주어질 것이다. 이런 의미에서 국가는 이 암담한 사진 속 풍경과 별반 다르지 않다.

© 조세희

열린 문, 닫힌 문

야누스는 로마신화에 나오는 두 얼굴의 신이다. 젊은이의 얼굴과 노인의 얼굴을 가진 그는 한 손에는 열쇠를, 다른 손에는 몽둥이를 쥐고 있다. 동쪽과 서쪽, 땅과 하늘에서 위력을 행사하는 수문장이다. 두 문을 통과하면 로마 제국이 이 신에게 바친 가장 중요한 신전에 다다르는데, 양 문 사이에 그의 모습을 새긴 조상이 우뚝 솟아 있다. 사투르누스가 하늘에서 쫓겨났을 때 야누스는 두 팔 벌려 맞이했다. 천상에서 밀려난 신은 야누스에게 '신중함'이라는 능력을 부여하고, 두 얼굴로 표상되는 과거와 현재의 수호신으로 삼았다. 그리하여 야누스는 문의 신이자 통로를 지키는 이, 안과 밖의 중

재자가 되었다. 좁은 문은 난관을 상징한다. 베들레헴 성전의 좁은 문이 보여주듯 저항의 난관이자 믿음의 난관이다. "좁은 문으로 들어가거라. 멸망에 이르는 문은 크고 또 그 길이 넓어서 그리로 가는 사람이 많다."° 마태오의 복음서 7장 13절에 나오는 이 말씀은 현대어로는 다음과 같이 풀이된다. "넓은 문은 성공한 모든 이들에게 영예의 표식이다."

아이의 오른쪽에는 닫힌 문이, 왼쪽에는 열린 문이 있다. 이 두 문은 근대화의 혜택을 받지 못하고 태어난 80년대 아이 앞에 펼쳐질 삶을 상징적으로 보여준다. 사진 찍는 이는 휑한 배경에 당황해 뒤로 물러난 듯하다. 안쓰러운 마음에 어찔 줄 모르는 그의 앞에서 피사체가 멀어져간다. 어린 소녀의 외로움, 낡고 허름한 건물, 소녀의 궁핍한 삶이 온 세계를 말없이 나무란다. 아이는 '벽을 등지고' 서 있다. 프랑스어로 '벽을 등졌다être dos au mur'는 표현은 막다른 골목에 다다랐다는 뜻으로, 더 이상 선택이 가능하지 않다는

° 가톨릭공동번역성서(https://bible.cbck.or.kr/Ncb)

의미다. 벼랑 끝에 서 있다는 이 말에는 상황에 대한 체념이나 저항이 담겨 있다. 혹독한 대가를 치르고서라도 어떤 행동을 할 수밖에 없는 처지라는 뜻이기도 하다. 그러나 아이는 사진 찍는 이의 계획에서 자신이 어떤 의미로 재현되는지 모르는 눈치다. 조세희는 스스로 작가이기보다는 증인이라고, '한강의 기적'에서 소외된 이들이 경험한 참상을 증언하는 사람이라고 거침없이 밝히곤 했다. 이 근대화의 시절에 잊히고 버려진 이들이 어디 한둘이었던가. 열린 문 앞에는 눈부신 미래가 쏟아지지만, 닫힌 문 앞에는 먹구름 낀 날들이 기다릴 뿐이다.

우리가 살아가는 이 시대는 저마다 운명이 제 손에 달렸다고 믿게 한다. 모든 사람이 같은 출발선 위에 있다고 여기게 하고, 결승선에 이르지 못하는 이들을 고려하여 체제의 내부 폭발을 방지하기 위한 생존 장치를 고안해놓는다. 일부 경제학자와 정치인들은 가장 부유한 이들의 부가 가장 궁핍한 이들에게 자연스럽게 '흘러갈' 수 있다는 '트리클다운trickle down', 즉 '낙수 효과' 이론을 창시했다. 하지만

2021년 4월 그 자신이 억만장자이기도 한 미국 대통령 조 바이든이 의원들 앞에서 자신의 입으로 털어놓았다. "결코 실현된 적이 없는 이론"이라고.

아이는 이 모든 걸 알고 있을까? 타고난 운명을 바꾸려면 기회와 만남과 의지가 필요하다는 걸 과연 알고 있을까? 어떻게 개인의 재능과 노력만을 믿으란 말인가? 열린 문을 택할지, 닫힌 문 앞에 쭉 서 있을지 정하는 것이 오직 저한테만 달린 일이라는 걸 어찌 믿으라는 말인가?

그럼에도 희망이란 게 남아 있을까? "열린 문보다 닫힌 문이 더 많다는 것, 닫힌 문 앞에서의 당황과, 닫힌 문 앞에서의 스산함, 그 앞에서 어쩔 수 없이 가지게 되는 여유에서 더 많은 것을 배운다는 것을 너는 알고 있다°." 던 최윤 소설의 한 구절이 떠오른다. 하지만 그 무엇도 간단치 않으리라. 작가는 이렇게 끝맺는다. "열려져 있는 문도 다른 어떤 문보다 더 굳건히 닫혀 있다"고.

° 최윤, 「집 방 문 벽 들 장 몸 길 물」, 『문학동네』, 1994, 겨울 통권 1호.

실제로 이 사진은 더할 나위 없이 가혹하다. 이 장면은 '우리 존재의 비참'을 떠올리게 한다. 대부분 사진에서 감상자는 배제되기 마련이지만, 이 사진은 우리의 뇌리를 사정없이 후려칠뿐더러 아예 억지로 끌고 와 그 앞에 붙잡아놓는다. 사진 속 인물과 배경에 붙들리면 빠져나올 도리가 없다. 바로 그런 이유로 사진 찍는 이는 뒷걸음질쳤다. 그 역시 바짝 다가왔다가 스스로 물러선 것이다.

© 조세희

아이의 존엄성

남자아이는 훌쩍이는 건지, 막 잠에서 깨어 눈을 비비고 있는 건지 모르겠다. 여자아이는 문틈으로 카메라를 들이민 낯선 이를 어리둥절한 눈으로 바라본다.

그런데 여기서 시선을 끄는 것은 뒤에 있는 소녀의 얼굴이다. 담담하게 여동생의 손을 꼭 쥐고 있는 자세로 보아 이방인을 썩 반기는 것 같지는 않다. 하지만 표정은 속일 수가 없다. 얼굴에서 확고한 의지와 차분함, 당당한 자신감이 읽힌다. 아이는 알고 있다. 사진 찍는 이와 나누는 무언의 대화 속에서 아이는 뜻하지 않게 드러난 이 장면이 전부가 아니라는 것을, 카메라에 포착된 현실이 쭉 지속되지는 않으리라는 것을 확실히 말하고 있다. 아이는 넉넉지 않은 형편을 부인하지 않고, 이 같은 처지를 냉철하게 인식한다. 그런데 보이는 게 다가 아니다. 어쩔 수 없는 상황 탓에 표정은 굳었어도 아이의 시선 속에 숨은 의지가 읽힌다. 아이는 사진 찍는 이에게 어떤 약속을 하고 있다. 이제 시작이라고,

삶이 녹록지 않은 이 탄광촌에서, 노동자의 자식은 쭉 노동자로 남기를 바라는 사회적 분위기 속에서 대개 미래는 이미 정해져 있다. 태어날 때부터 속한 사회계층을 벗어날 기회가 희박한 만큼 아이를 환경에 매어놓는 사슬도 견고하다. 빅토르 위고의 시 한 구절을 빌려오고픈 심정이다. "주여, 혹시 하늘에 천사 한 명이 안 보이지 않습니까?"°

이것이야말로 은수저를 입에 물고 태어나지 못한 모든 이들을 위해 우리가 바칠 수 있는 기도이리라.

° 빅토르 위고, 「드 송브뢰유 양의 죽음」, 『오드와 발라드』, 올렌도르프, 1912.

114

아이는 알고 있다. 사진 찍는 이와 나누는
무언의 대화 속에서 아이는 뜻하지 않게 드러난
이 장면이 전부가 아니라는 것을, 카메라에
포착된 현실이 쭉 지속되지는 않으리라는 것을
확실히 말하고 있나.

© 조세희

널뛰기

산 중턱, 작은 암자가 있을 법한 곳에서 두 소녀가 널을 뛴다. 몇몇 심심한 아이들이 이 신나는 놀이를 구경하거나 차례를 기다리는 듯하다. 좁고 기다란 땅 뒤로 낡은 집이 보인다. 양철지붕을 올리고 종이나 비닐로 창문을 막아놓은 초라한 건물이 모두가 없이 살던 시절을 말해준다.

시간은 겨울의 지루함에 눌려 한없이 늘어지고, 아이들은 이러한 현실을 받아들이는 듯하다. 오늘날 널뛰기는 기념품 가게에나 진열될 법한 옛 놀이지만, 이런 외딴 산골에서는 그저 구할 수 있는 것으로 만족해야 한다. 짧은 널빤지와 축으로 괴어놓을 나무토막이면 그런대로 쓸 만하다. 그런데 한 가지 아쉬움이 남는다. 사진에서는 담 너머 풍경이 없다. 놀이의 목표를 달성하기에는, 즉 상대방을 허공에 높이 띄워 올려 상상의 담 너머에서 무슨 일이 벌어지는지 보여주기에는 널빤지가 너무 짤막하고 단단한 것이다. 놀이의 재미가 바로 거기 있는데 말이다.

부녀자의 외출이 용이하지 않던 시절, 바깥세상에서 일어나는 일이 궁금한 처자들은 할 수 있는 한 높이 뛰어 담장 너머로 지나가는 멋진 '양반'의 모습을 흘낏 보곤 했다. 두 아가씨를 번갈아가며 허공으로 띄우려면 널이 길고 잘 휘어져야 했다. 따라서 우리의 두 소녀는 '축소판'으로 폴짝 뛰는 시늉밖에 할 수 없다. 놀이도 축소판이고, 꿈도 축소판이다. 누구나 없이 사는 시절에는 그저 구할 수 있는 것으로 만족할 줄 알아야 한다. 하늘 높이 날아오르는 것은 애당초 불가능하다. 담장 너머로 볼 것도 없다. 사방에서 높은 산들이 굽어보니 호기심마저 고개를 숙인다. 집어치우자. 옛 처자들이 감행했던 관습에 대한 도전이 여기서는 통하지 않는다.

놀이는 결국 놀이의 모방이다. 놀이는 욕망의 모방이기도 하다. 존재의 욕망, 하늘 높이 뛰어오르던 옛 처자들처럼 되고 싶다는 욕망이다. 여기서는 산이 무중력 상태를 만들어준다. 볼 것도 없지만, 그렇다고 보고 싶다는 욕망이 없어지지도 않는다. 모방은 집착의 한 방식이고, 어떤 문화와 역사의 내부에 머무는 한 방식이며, 세상에서 멀리 떨어져 마치 내면의 유배지에 다다른 듯한 이곳에서 문화나 역사와 함께하는 한 방식이다.

놀이는 현존 상태에 머무르게 하는 기억 작용과 비슷하다. 이 놀이를 모방하는 두 소녀가 의미하는 것은 아직 희망이 남아 있다는 것이다. 옛 놀이를 통해 이들은 미래로 뛰어든다. 아이들의 계층은 결정된 게 아니다. 아이들은 놀이로 흉내를 내고 있다. 자신들이 속하지 않은 현실을 만들어 내면서 욕망의 기계화를 피하는 것이다. 흉내를 내면서 아이들은 제 운명이 정해진 게 아니라고 외친다. 이 즐거운 놀이가 어떻게 펼쳐지는지 자세히 들여다보자.

이것은 연대의 놀이다. 한쪽 끝에 있는 사람이 발을 힘껏 구르면 구를수록 반대쪽에 있는 사람은 더 높이 뛰어오른다. 널을 밟고 있는 사람은 발을 꾹 누르고 버티면서 상대방이 공중에서 즐거움을 누릴 여유를 준다. 상대는 제 처지가 딴 사람의 마음에 달렸음을 안다. 친구가 놀이에 가담하지 않으면 혼자서는 높이 뛰어오를 수 없다. 따라서 무언의 합의에 따라 제 차례가 되면 널을 힘껏 밟아 상대에게 같은 느낌을 선사해야 한다. 그러나 이 사진의 경우, 그 같은 이득이 존재하지 않는다. 판자가 너무 짤막하고 단단해서 찰나의 즐거움과 맛보기만 허용할 뿐이다. 조금 올라간다고 관습에 무슨 도전이 되겠는가. 무릇 상승이라는 것은 늘 신성한 것을 향하기 마련인데 이렇게 곤궁한 처지에서는 도구가 마땅치 않으니 시도 자체가 꺾일 수밖에.

이는 '제로섬게임'이다. 차례로 상대방에게 의존하고, 차례로 이긴다. 두 꼬마 아가씨가 얻는 것은 기껏해야 같이 놀던 친구들 사이에서 둘만의 소중한 추억을 간직하는 걸 테다. 찬 바람 부는 두메산골에서 벌어지는 놀이는 금세 끝나버린다. 우리의 두 소녀는 자신들의 중력 감각이 흔들릴

일은 없으리라는 것을 안다. 따라서 저 멀리 날아가 버릴 위험도 없는 것이다. 그런데도 두 아이가 열심히 널을 뛰는 까닭은 오직 이렇게 해야만 하늘 높이 오를 수 있다고 믿기 때문이다.

창문에 대한 사회학적 단상

이 사진은 조세희의 작품이지만 한국이 배경은 아니다. 그
럼에도 이 작품을 고른 이유가 있는데, 바로 나폴리는 내 부
모님의 고향이자 내가 깊이 사랑하는 도시이기도 하고, 내
가 보기에 이탈리아의 이 항구도시와 서울이 제법 닮았기
때문이다. 구불구불한 골목과 비좁은 가게들, 광장이나 큰
길이 제집 안방만큼이나 편안한 사람들, 경쾌한 음색, 찬란
한 태양, 시끌벅적한 시장과 곳곳에서 풍겨오는 음식 냄새.
그리고 쏟아지고 넘쳐흐르는 말들. 이 말들이 있기에 사람
사이 정도 있고 흥도 있는 게 아닐까.

***

가게는 떡하니 '신문 및 잡지Giornali e riviste'라는 간판을 달고 있지만, 당시에도 간행물만으로는 입에 풀칠하기가 힘들다는 걸 모르지 않았다. 따라서 기타니 뭐니 하는 잡다한 물건을 팔면서 먹고 사는 일을 해결한다. 유일하게 한 쌍으로 포즈를 잡은 축구공은 오랫동안 마라도나에 열광했던 한 도시가 이 스포츠에 여전히 바치는 종교적인 숭배의 증거다. 나폴리 구도심 한복판에 있는 저 웅장한 제수 누오보(신 예수) 대성당에 갔을 때의 일이다. 회랑에서 평상복 차림의 신부가 유니폼에 축구화를 신고 온 한 청년에게 고해성사를 해주고 있었다. 관광객에게나 기묘한 광경이지 나폴리 사람이나 신부한테는 예삿일인 듯했다. 젊은이는 죄 사함을 받았으리라.

두 명의 남자가 있다. 한 남자는 싱글벙글 웃는 표정이고 다른 이는 좀 더 조심스럽고 뭔가 미심쩍은 눈치다. 나폴리와 한국이 일치하는 전형적인 모습으로, 바깥에서 둘이서 또는 여럿이 큰소리로 수다를 떨며 시간을 때우는 것이다. 나폴리든 서울이든 혼자 있는 것은 달갑지 않으니 둘 중한 사람이 다른 이의 말벗이 되어주려고 왔을 테다. 콧구멍만 한 점방에서 시간은 더디게 흘러가고, 가게는 종종 동네 사랑방이 된다. 주인이나 점원이 적적하지 않게 말동무라도 해주러 오는 것이다.

사진에서 압권은 2층에서 환히 웃으며 두 남자를 바라보는 여인이다. 나폴리의 풍경에서 빼놓을 수 없는 것이 바로 창문이다. 창을 통해 골목으로 줄을 매서 빨래를 널고, 다음날이면 앞집도 똑같이 한다. 툭하면 창밖에 대고 애들과 남편과 이웃과 상인을 소리쳐 부른다. 창에 밧줄을 매달아 필요한 것들을 적은 목록과 함께 바구니를 내려보내면 그날 밖에 나올 마음이 없는 여인을 대신해 이웃집 여자가 장을 봐준다. 시장에서 사 온 것을 바구니에 담으면 위층 여인은 도르래로 다시 끌어올리기만 하면 된다. 한국인이 '배달의 민족'이라지만 나폴리 사람도 뒤지지 않는다. 이때 창은 공공의 기능을 하는 요소로, 소통과 행위가 이루어지는 장이 된다. 창은 신문과 각종 알림장 구실을 하고, 심부름과 부탁과 말다툼이 오가는 장소이기도 하다.

언젠가 출생증명서에 나와 있는 할아버지 생가를 찾아간 적이 있다. 베수비오 산기슭의 작은 마을까지 기껏 찾아갔건만 집이 있던 자리는 텅 비어 있었다. 비탈길을 애써 올라가 다다른 그 번지에는 아무런 흔적도 보이지 않았다. 못내 아쉬웠던 나는 지나가는 한 여자를 붙들고 내가 누구이고 왜 여기 왔는지 자초지종을 털어놓았다.

할아버지는 19세기 말, 당신이 스무 살 때 프랑스에 오셨는데, 나폴리에서 마르세유로 향하는 대규모 이주 행렬이었다고 했다. 그로 미루어볼 때 이후에 집이 없어졌을 수도 있다. 하지만 주민 절반이 같은 성씨이고 사촌이나 다름없는 작은 마을에서는 일말의 희망이 남아 있었다. 난감해하던 여인은 잠시 생각에 잠겼다. 확실치는 않지만 뭔가 짚이는 게 있었는지 이리저리 두리번거리다 대뜸 오래된 건물 3층 창문을 향해 소리쳐 누군가를 불렀다. 그러자 창문이 열리면서 한 중년 여자가 우리의 대화에 동참했다. 하지만 여자는 내가 처음에 물어본 친절한 행인보다 더 알지 못하는 눈치였다.

아무렴 어떤가. 이번에는 3층 여인이 누군가를 소리쳐 불렀고, 옆집 창문이 열리면서 또 다른 이웃 여자가 가담했지만, 역시 별 소득은 없었다. 마찬가지로 열성적인 옆집 여자가 누군가를 목청 높여 불렀고, 앞집 창문에서 한 여인이 등장해 대화에 참여했으나 더 알게 된 것은 없었다. 인정 많은 네 아주머니의 열띤 수다 속에 마을과 관련한 온갖 이야기가 오갔다. 그러다 이들은 한 대목에서 의견의 일치를 본 듯했다. 맨 처음 만난 친절한 여인과 나는 실낱같은 가능성이라도 찾을까 싶어 이 창문에서 저 창문으로 고개를 돌리던 탓에 뒷목이 뻣뻣할 지경이었다. 그렇게 족히 십오 분은 지나고서야 할아버지 집은 없는 것으로 판명되면서 토론은 종지부를 찍었다.

나폴리 출신 작가 에리 데 루카°의 작품에서 도시는 인물의 자리를 차지한다. 나폴리가 말을 한다. 나폴리가 길에

° 1950년 나폴리에서 태어난 이탈리아 작가로, 다수의 작품이 프랑스어와 한국어로도 번역되었다.

서 말하고 창에서 말한다. 관찰과 표현의 장인 창은 집의 진정한 입구라 할 만하다. 그리고 따로 할 말이 없다면, 80년대 조세희가 찍은 사진이 보여주듯 그것을 알 수 있는 것도 창을 통해서다. 나폴리와 마찬가지로 서울의 골목도 예전에는 사회생활이 활발히 이루어지는 장소였다.

김기찬의 사진을 보아도 알 수 있다°. 형편이 고만고만한 사람들끼리 옹기종기 모여 사는 동네에서 이웃 간의 교류는 길에서 시작해 길에서 끝난다. 이곳 주민들에게 이웃과의 관계는 종종 사회적 생존의 문제이기도 하다. 그러나 아무리 붙임성 좋은 사람이라도 늘 함부로 나서지 않고 알아서 입조심을 한다. 눈치 보고 몸 사리는 것을 마뜩잖게 여기는 나폴리와는 사정이 다르다. 이곳에서는 외려 비밀이 달갑잖다.

완벽한 구도를 보여주는 이 사진에 포착된 것은 제 모습은 드러내지 않은 채 남들을 구경하는 재미다. 창밖으로

° 김기찬, 앞의 책.

내다보는 여인이야말로 사진의 진정한 주제다. 두 남자는 자기들이 이 장면의 주인공인 줄 알겠지만, 실은 사진 찍는 이와 창가의 여인 사이에 암묵적으로 이루어진 공모의 피해자다.

© 조세희

한 푼은 한 푼일 뿐

가 47호 주택의 벽에 대문짝만하게 쓰여 있다. "한 푼 두 푼 모은 저축 우리 가정 행복 온다." 부디 이 한 푼이 월말까지 남아 있기를! 허리띠 바짝 졸라매고 한 푼이라도 더 아껴야 했던 시절의 이야기다. 사람들이 소비의 열기에 사로잡히기 전 프랑스의 여유로운 가정에서는 꼬박꼬박 적금을 부었다. 그만큼 넉넉지 못한 집에서는 적금은 어려우니 아이들한테 돈을 아껴 쓰라고 했다. 아이들은 용돈 씀씀이에 구애를 받지는 않았지만 조금이라도 모으면 집안 살림에 보탬이 되었기 때문이다.

당시 꼬마들이 제 방에 소중히 간직했던 저금통은 고

대 그리스와 로마 제국 시대의 이탈리아뿐 아니라 중국과 네팔에도 존재한 물건이었다. 저금통은 대개 점토로 빚은 돼지 모양으로, 등에 기다란 홈을 내서 동전을 넣을 수 있게 만들었다. 돼지를 잡아먹기 전에 살을 찌우듯 저금통도 목돈을 만들 때까지 배를 불렸다. 코흘리개들은 심심하면 돼지저금통을 흔들어댔고, 수북이 쌓인 동전이 매번 다르게 덜그럭거리는 소리에 좋아서 어쩔 줄을 몰랐다. 꽉 차면 망치로 힘껏 내리쳤다. 그러면 이 장래 적금 가입자들의 반짝이는 두 눈 아래 동전 무더기가 와르르 쏟아졌다.

사진에 찍힌 벽의 문구는 형편이 어려운 이들에게 저축을 독려하는 역할을 한다. 이렇게 모아두면 월말에 돈이 뚝 떨어졌을 때 여간 요긴한 게 아니다. 두 아이가 분주하게 찾는 것도 이번 달과 다음 달 사이에 '빠진 고리'일지도 모른다. 이 모습을 보니 어릴 적 땅바닥에 떨어진 동전이라도 발견하면 온 세상을 다 가진 듯 행복했던 기억이 난다. 고작 동전 한 닢이었지만 큰돈이라도 주운 기분이었다.

저축은 당시 한국의 경우처럼 개발도상국의 경제와 자

금 조달에 핵심적인 역할을 한다. 선진국에서는 외려 걸림돌이 된다. 프랑스의 저축률은 다른 선진국에 비해 15퍼센트 더 높다. 소비를 장려하기 위해 20여 년 전부터 금리를 계속 인하하는 추세다. 프랑스인들은 점토 돼지를 깨고 쌈짓돈을 풀어 무엇이든 사들이라는 부추김을 받는다. 그래야만 경제가 돌아간다는 논리다. 이렇게 해서 새로운 구호가 만들어지니 바로 "한푼 두푼 마구 쓴 돈 우리 가정 행복 온다"라는 것이다.

© 조세희

공기와 꿈

두 사람은 대체 무슨 할 말이 있어 저 높은 곳까지 올라간 걸까? 저리도 아찔하고, 저리도 훤히 다 보이는 곳에서 무슨 이야기를 나누는 걸까? 사랑의 속삭임일까? 아니면 지난날과 떼어놓고는 생각할 수 없는 이 땅에서 기어코 벗어나려는 마음일까? 상상의 나래를 꺾어놓는 모든 것을 뒤로한 채 둘만의 세상으로 훨훨 날아가고픈 걸까? 그렇게 두 연인은 저들 앞에 버티고 있는 위험에 맞섰을 테다.

대들보처럼 생긴 이 기둥에는 다행히 작은 목판이 계단처럼, 사다리처럼 박혀 있다. 두 사람은 손을 잡지 않고 따로따로 올라갔겠지만, 이제 남자는 여자친구의 어깨에 기

대고 있다. 남자는 그 어느 때보다 외로워 보인다. 고개를
푹 숙인 남자의 모습에서 짐작되듯 두 연인은 헤어지기 직
전일지도 모른다. 여자의 속삭임으로 둘의 연애가 마침표
를 찍으려는 걸까? 한데 두 사람은 전혀 다른 이야기를 나
눌 수도 있다. 저 꼭대기까지 올라가 속히 달래주어야 할 일
인지도 모른다. 뒤로 물러날 수도 없으니 혹시라도 누가 이
내밀한 순간을 방해하러 오지나 않을까 높이서 지켜봐야
할 테다.

멧빛 하늘 아래 멧비둘기 한 쌍은 공중에서 잠시 쉬고
있지만, 두 남녀를 갈라놓는 미묘한 긴장이 어렴풋이 느껴
진다. 아니 드러내놓고 보인다. 여자는 남자친구에게 귀 따
가운 잔소리를 늘어놓고 있는 게 분명하다. 남자는 묵묵부
답이다. 더 철든 사람의 말을 들어야지 어쩌겠는가. 남자가
옴짝달싹 못 해도 이 장면은 움직임에 바치는 한 편의 시다.
피치 못할 속내 이야기가 오가는 허공에서 공중 부양 상태
의 연인들이 인간 세상에서 슬쩍해 온 "지극히 높은 곳의

신비로운 씨앗"°을 쓰다듬고 있다. 이제 천사들과 어울려 노는 이들은 하늘과 어깨를 겨루다 못해 아예 한편이 되기로 작정한 듯하다. 어차피 하늘은 지상의 모든 신을 품어주지 않았던가. 내가 보기에 사랑싸움 중인 젊은 연인은 신비로운 하늘 아래서 속마음을 나누며 내밀한 이야기로 천상의 매력을 더하는 것 같다.

사진은 그것이 고정된 이미지일지라도 실은 움직임에 바치는 한 편의 시다. "흔히 상상은 이미지를 형성하는 능력이라고 한다. 그러나 상상은 오히려 지각이 제공한 이미지를 변형하는 능력이고, 무엇보다 최초의 이미지에서 우리를 벗어나게 하고 이미지를 변화시키는 능력이나."°°라고 바슐라르도 말했다. 내면에서 솟아나는 상승의 힘을 상상하지 않고 사진을 바라본다는 것은 상상의 나래를 활짝 펼칠 수 있는 가능성을 애초에 차단하는 행위나 다름없다.

---

o   폴 발레리, 「저녁의 풍요, 버려진 시」, 『옛 시 모음집』, 1920.
oo   가스통 바슐라르, 앞의 책.

바슐라르식으로 표현하자면, 이미지는 언어의 흐름을 암시하고, 언어의 이 같은 본질을 통해 열광이 가늠된다. 상상은 높은 곳을 향해, 신성한 것을 향해 날아오른다. 그리고 신성한 것은 언제나 공기를 표현 수단으로 택한다. 분명 지옥과 저승에 대한 상상이 있고 땅속에 깊이 묻히는 상상도 가능하지만, 그것은 더 이상 다른 곳으로의 이동이 아닌 뒷걸음질이다. 하강하는 모든 상상은 제 안으로 퇴행한다. 이 사진은 허공이 주는 아찔함이 있다. 사진 속 인물은 둘만의 비밀을 가두어둘 곳으로 드넓은 하늘을 택했다.

숨길 게 없는 사람은 저렇게 높은 곳에 올라가지 않는다.

사진은 그것이 고정된 이미지일지라도

실은 움직임에 바치는 한 편의 시다.

"흔히 상상은 이미지를 형성하는 능력이라고 한다.

그러나 상상은 오히려 지각이 제공한 이미지를

변형하는 능력이고, 무엇보다 최초의 이미지에서

우리를 벗어나게 하고 이미지를 변화시키는 능력이다."

3장

❖

겹눈의 사진작가
마동욱을 기리며

1958~

Jean-Claude de Crescenzo

•

겹눈은 쌍시류, 즉 날개 한 쌍이 달린 곤충 몇 종이 가진 시각 수용기관으로, 덕분에 이들은 전방위적인 시야를 확보한다. 일부 잠자리 종은 이만 개가량의 낱눈이 모여 이루어진 겹눈이 있어 시야가 매우 넓고, 주변의 미세한 움직임까지 파악할 수 있다. 광범위한 스펙트럼을 통해 겹눈의 세밀함이 증폭된다.

이른 새벽부터 마동욱은 잊고 싶지 않은 얼굴들을 찾아 전라도 곳곳을 누비고 다닌다. 손에는 늘 카메라가 들려 있어 차창 너머를 찍기도 하고, 해가 저물 때까지 온종일 풍경들과 얼굴들을 앵글에 담는다. 주름 가득한 어르신들, 금

슬 좋은 부부, 장난꾸러기 아이들. 그의 카메라는 우리의 눈길이 닿지 않는 곳을 찾아내고 사라져가는 것을 붙잡는다. 추억을 담는 그의 몸짓은 소탈하고 푸근하다. 그가 포착한 순간들은 대화와 인내와 우정으로 되살아나고, 훗날 한 권의 사진집으로 묶인다. 어떤 이들에게는 고향의 기억 속에 등장할 더없는 기회이기도 하다.

낮이든 밤이든, 장화를 신었든, 운동화를 신었든, 티셔츠 차림으로든, 두툼한 점퍼를 걸쳤든 그는 성큼성큼 다가가 이곳저곳 안부를 묻고 농가와 들녘을 돌아다닌다. 이렇게 많은 사람한테 인사를 건네는 이가 또 있을까 싶다. 사방팔방 발길 닿지 않은 곳이 없다 보니 마을마다, 심지어 주민이 몇 안 되는 벽지에도 지인이 있다. 마동욱은 늘 현재진행형이다.

세월이 흘러 두툼한 사진집이 여섯 권이나 나왔다. 그렇게 사람과 땅이, 나무와 강이, 바닷가와 외딴 시골 마을이 어우러진 전라도의 생생한 기억이 완성되었다. 자료로 보관된 사진이 수백만 장에 달한다.

마동욱의 사진°은 김기찬이나 조세희의 사진보다 최근에 찍은 것들이다. 시간이 흘렀어도 마을과 사람과 농사일은 그리 변치 않은 전라도를 여행할 때면 지난 시절에 대한 그리움이 되살아난다. 얼핏 보면 꿈쩍도 하지 않는 듯하지만, 바꿀 필요가 없는 것은 굳이 손대지 않겠다는 우직한 의지가 느껴지기도 한다. 보이지 않는 실이 지난날과 오늘날을, 한국이라는 나라의 정체성을 만드는 데 이바지한 서로 다른 시절들을 이어주는 것이다.

마동욱은 멈추지 않는 모터처럼 온종일 찍고 또 찍는다. 매 순간 새로운 진실이 드러나고 있다는 걸 알기 때문이다. 그의 작품은 자발적인 기억과 비자발적인 기억에 구멍처럼 숭숭 뚫려 있는 망각에 저항하게 한다. 그곳이 한때 고목과 초가집과 마을 잔치와 변강쇠도 뽑지 못한 장승°°이 있

° 　마동욱, 『아! 물에 잠길 내 고향』, 호영, 1997.
°° 　장승은 마을을 지키는 토템의 일종이다. 판소리의 등장인물이기도 한 변강쇠는 땔감으로 쓸 나무를 하러 산에 가는 대신 장승을 뽑으려고 했다. 그리하여 노한 하늘의 신들이 이 고얀 놈에게 갖가지 병고를 내렸으니….

었던 자리임을 상기시킨다. 눈앞에서 살아 숨 쉬던 것도 모른 체한 우리는 입이 열 개라도 할 말이 없다. 이미지로 잠식된 이 시대에, 무엇인가를 보아야만 하는 의무에 시선이 지배당하는 이 시대에 마동욱은 본질에 대한 추억, 가진 것 없는 이들과 우리를 넉넉히 먹이는 들판과 발밑에서 부서지는 파도에 대한 추억으로 이끈다. 사진 한 장 한 장이 여행으로의 초대이고, 시선은 드넓은 풍경에서 낱낱의 그리움으로 길을 떠난다. 작품을 통해 마동욱이 우리에게 더해준 겹눈을 가지고서. 그것이야말로 우리가 절실히 필요로 하는 것이 아니던가.

마동욱은 멈추지 않는 모터처럼

온종일 찍고 또 찍는다. 매 순간 새로운 진실이

드러나고 있다는 걸 알기 때문이다.

그의 작품은 자발적인 기억과 비자발적인 기억에

구멍처럼 숭숭 뚫려 있는 낭각에 저항하게 한다.

© 마동욱

어느 한적한 마을

사진 속 한국은 한적한 모습이다. 사방에서 더 높이, 더 빨리, 더 멀리 가라고, 사람들을 억지로 존재와 소속의 굴레에 몰아넣고, 앞으로 나아가지 않으면 죽음만이 기다리고 있다고 외치는 소리가 이 마을에는 미치지 않은 듯하다. 이 나라의 마을들은 유혹과 결정적 순간이 만나는 바로 그 지점에 위치한다. 기술로 노력을 절감하라는 '유혹'이고, 밀란 쿤데라식으로 말하자면 마을이 기술이라는 이름의 독이 든 사과를 뿌리치는 '결정적 순간'이다.

사진은 집들을 산기슭으로 밀어내고 너른 논에 한몫을 뚝 떼어준다. 마을에 이르는 구불구불한 길은 별개의 공간에 그치지 않고, 농가에 미처 다다르지 못한다 해도 도로에서는 벗어난 시간을 의미한다. 농사를 쉬고 있는 들판의 모습을 한 기다림의 시간이 마을을 발견하거나 확인하는 순간보다 먼저 찾아온다. 프랑스에서 마을 입구 풍경은 대형 마트나 할인매장이 망쳐놓기 일쑤다.

알베르 카뮈는 "이탈리아 화가들이 인간보다 작은 건물들을 그린 것은 원근법을 몰라서가 아니라 인간에 대한 믿음을 가지고 있었기 때문이다"고 말했다.° 반면 도시에서는 산책자가 빌딩에 무언의 저항을 벌인다. 우주 속에서 그는 먼지 같은 자신의 존재를 잊다가도 하늘을 찌를듯한 고층 건물 아래서 결국 보잘것없는 제 모습만 다시 확인할 뿐이다.

한국에서는 마을 어귀로 들어서는 반듯하거나 구불구불한 길이 여행자의 걸음을 늦추기에 발견의 즐거움 이전에 오는 순간을 여유롭게 누릴 수 있다. 발견은 그다음 일이다.

° 알베르 카뮈, 『작가수첩 1』, 1935~1942, 김화영 옮김, 책세상, 1998.

여기서 묻는 말에 갈 길이 급하다며 답해주지 않는 사람은 없다. 느긋하게 대답을 하고, 호기심 많은 누군가가 대화에 끼어들기 전에 몇 마디 물어오기도 할 것이다. 한국의 마을은 도시보다 어울려 살 일이 많은지라 낯선 이라 해도 거리낌이 없다.

마을에 다다르면 고된 밭일에 가려져 있던 평온함이 이내 느껴진다. 공기와 물과 흙은 여전히 마을 살림의 중심이다. 이 요소들은 나날의 삶을 지배할 뿐 아니라 조상 대대로 내려온 오랜 정서와도 이어져 땅을 일구어 먹고 사는 삶의 소중함을 다시금 느끼게 한다.

전라도에 가면 내리쬐는 뙤약볕에 시간이 한없이 늘어지는 듯한 내 고향 프로방스가 떠오른다. 햇볕 아래 살아가려면 버틸 줄 알아야 한다. 전라도는 프로방스처럼 버팀의 미학을 아는 곳이다. 〈라 마르세예즈〉라는 노래가 괜히 나온 게 아니다. 1792년 7월 30일, 마르세유 의용병들은 파리의 반란 세력에 힘을 보태기 위해 이 애국심 넘치는 노래를 목청 높여 부르며 수도에 입성했다.

그리하여 1795년 7월 14일, 〈라 마르세예즈〉는 프랑스
의 국가가 되었다. 혁명은 프로방스의 역사뿐 아니라 전라도
의 역사도 뒤흔들었다.

마을에 다다르면 고된 밭일에 가려져 있던

평온함이 이내 느껴진다. 공기와 물과 흙은

여전히 마을 살림의 중심이다.

이 요소들은 나날의 삶을 지배할 뿐 아니라

소상 대대로 내려온 오랜 정서와도 이어져 땅을 일구어

먹고 사는 삶의 소중함을 다시금 느끼게 한다.

사라진 유년 시절에 바치는 글

움푹 팬 땅을 향해 머나먼 대양에서 잔잔한 파도가 밀려온다. 수면 위로 저녁노을이 일렁인다. 잔물결이 넘실대는 주홍빛 물마루가 사라질 때까지 웅크리고 앉아 있으면 바다가 기다란 땅에 어우러져 파도 한가운데서 표류하는 이들이 보이는 듯하다. 지금 내가 있는 바로 이곳에서 이순신 장군은 전투를 치른 뒤 저녁마다 먼바다에서 밀려오는 조류의 움직임으로 왜군의 동태를 살피며 황야를 거닐었을 것이다. 그러나 내가 여기 온 것은 작가인 친구와 함께 그가 태어난 집을 찾기 위해서다.

　내가 직접 경험하지 않은 유년의 발자취를 따라가 보지

만, 기억이 되살아나기도 전에 잔잔한 바다의 몽상에 빠져든다. 멀리서 들려오는 소 울음에 "짐승들의 넉넉한 소리"°를 들으라던 고은의 시 한 구절이 떠오른다. 이곳 가슴앓이 섬을 마주한 땅의 끝자락에서 두 기억 사이에 잃어버린 시간이 사라진다. 나이도, 이름도, 마음속 열망도 사라진 몸에서 부서져 나오는 편린들. 비늘 같은 조각이 허공으로 날아오르고, 이때까지 꾹 눌러 두었던 깊은 울음이 터져 나온다. 인당수에 몸을 던지던 심청의 마음이 이러했을까. 이 순간, 나는 목놓아 부르짖고 싶다. 우리 말고는 돌아다니는 사람도 없다. 억눌린 욕망들이 묻힌 해변의 묘지에서 메아리처럼 울려오다 삿아드는 혼백의 소리라면 모를까.

바람 부는 어느 날 아침, 태어나서 네 살까지 살았던 집을 찾아 나선 적이 있다. 그때 나는 냄새와 이름, 번짓수, 낮은 돌담과 웃음소리처럼 실마리가 될 만한 것들을 그러모았다. 현실과 허구를 적절히 뒤섞었다면 집을 찾을 수 있었

° 고은, 「오늘밤」, 『속삭임』, 실천문학사, 1998.

을까? 한데 이런 실마리들이 그저 느낌에 불과하다면 어찌
해야 할까? 베를렌의 아름다운 시가 떠오른다.

그 무엇도 변하지 않았구나. 모든 것이 그대로라네
소박한 정자도, 포도나무 넝쿨들도, 등나무 의자도.
샘솟는 물줄기는 여전히 은빛 속삭임을 들려주고
늙은 사시나무는 끝없는 하소연을 늘어놓는구나.°

시와 달리 그대로인 것은 아무것도 없었다. 허물어질 듯
한 담으로 둘러싸인 집이 있던 자리에는 차고가 들어서 있
었다. 텃밭은 시멘트 바닥에 자리를 내주었고, 뜰에서 꼬꼬
댁거리던 닭들도 사라졌다. 햇볕에 붉게 영글어가던 토마토
도, 하루가 다르게 쑥쑥 자라던 푸성귀도 보이지 않았다. 그
모든 것이 내 추억의 빈자리로 남았다. 그리고 바로 여기 신

° 폴 베를렌, 「삼 년 뒤」, 『베를렌 시선』, 윤세홍 옮김, 지식을 만드는 지식,
2013.

동리, 작가의 생가 앞에서 우리는 또다시 똑같은 상황을 맞이하며 추억의 빈자리를 바라본다. 밀물이 드는 날에도 뜰에는 더 이상 잔물결이 밀려오지 않고, 우뚝 솟은 둑이 추억의 파도를 갈라놓는다. 그 낯선 불안 위에 집이 서 있다. 그렇다, 신동리에서도 마르세유에서도 추억은 중단되는 시련을 원치 않는 것이다. 우리를 기다리는 것은 추억의 무덤뿐 골목과 뜰, 덧문이 닫힌 방, 다정한 이웃들이 사무치게 그립다. 사라진 집이든 여전히 그 자리에 있는 집이든 거기 살던 사람들은 이제 더 이상 보이지 않는다. 그런 줄도 모르고 우리는 찾아 나섰다.

텃밭은 시멘트 바닥에 자리를 내주었고,

뜰에서 꼬꼬댁거리던 닭들도 사라졌다.

햇볕에 붉게 영글어가던 토마토도, 하루가 다르게

쑥쑥 자라던 푸성귀도 보이지 않았다.

그 모든 것이 내 추억의 빈자리로 남았다.

© 마동욱

일을 마치고

포근한 날씨다. 아직 더위는 오지 않았고, 산들바람에 몸과 마음이 상쾌하다. 저물녘이면 마을이 되살아난다. 논밭에서 돌아와 세수를 하고 손발을 씻은 어르신들이 하나둘 모여든다. 고된 밭일로 땀에 흠뻑 젖은 몸을 말끔히 씻어내고 가만히 앉아 있다. 그렇게 앉아서 주거니 받거니 이야기보따리를 풀어놓는다. 딱히 주제가 있는 건 아니다. 이들은 혼잣말을 중얼대다가 하루에 씨뿌리고 거두기를 다하고, 잡귀를 쫓아내며, 조상신을 불러오기도 한다.

마루에서 다리를 쭉 펴고 농사일로 뻣뻣해진 두 발과 발목과 종아리를 주무르면서 세월을 거슬러 올라갔다가 머리에 피도 안 마른 어린애들을 짝지어주고, 처녀와 총각을 시집, 장가보내며, 길을 다시 내기도 하고, 이런저런 장소를 만들 뿐 아니라 아무개네 집안에 아이가 태어났다고 기뻐하고, 저세상에 간 사람을 너그러이 용서한다. 젊은이들이 공부나 텔레비전에 빠져 코빼기도 보이지 않을 때 마을이 살아 숨 쉬는 것은 다 이 어르신들 덕분이다.

노인들은 이장과 기초의원과 대통령을 번갈아 맡는다. 갖가지 모임을 만들고 어수선한 곳에 질서를 잡는다. 배곯던 시절에 태어난 이들은 소처럼 일하고 때로는 들이받는 성질도 잃지 않았다. 한평생 살면서 있는 고생 없는 고생 다 해본 터라 웃을 줄도 알고 먹고 마실 줄도 안다. 이들이 없으면 마을은 텅 비고, 우리의 밥상도 초라해질 것이다.

노인들은 공동생활의 유물 같은 존재로, '개인주의'라는 벌겋게 달군 틀로 똑같은 삶만을 찍어내는 대도시에서 이 같은 삶의 방식은 점점 자취를 잃어간다. 개인주의야말로 까놓고 말해 돈이 되기 때문이다. 밀란 쿤데라의 말처럼

"타인을 이해한다는 말은 그가 경험하는 나이를 이해한다
는 뜻"°이라고 할 수 있다.

° 밀란 쿤데라, 『만남』, 한용택 옮김, 민음사, 2012.

© 마동욱

망중한 忙中閑

여럿이 밭일을 하다가 한 사내가 홀로 빠져나와 상념에 잠기려는 순간, 사진 찍는 이가 들판보다 더 넓은 세계로 그를 데려다 놓는다. 감상자는 대개 엿보는 위치에 있기 마련이지만 여기서는 불청객이다. 생각이라는 유희를 통해 이 불청객은 남의 생각에, 지금 이 순간에서 잠시 멀어진 장년의 사내가 하는 생각 속에 슬며시 끼어든다.

감상자는 이런저런 상상을 해본다. 힘쓰는 일을 할 때는 이따금 쉬어줘야 하고, 한나절 동안 몇 번 더 숨 돌릴 틈이 생길 테다. 그러나 시간에 균열을 내는 이 같은 순간에 어김없이 찾아오는 당혹감을 그 누가 피할 수 있을까. 휴식

이전과 이후가 이어지는 이 순간, 엿보는 이의 시선 아래 두 개의 다른 시간이 포개진다.

"사진은 나를 배제하는 것"°이라지만 여기서 인물은 감상자에게서 벗어나면서도 그와 닮아있다. 연장을 짚고 있는 사내의 생각은 저 멀리 달아나는 듯해도 이내 내면의 우물에서 새로운 생각을 길어 올린다. 이 장면을 목격하는 감상자는 가상의 팬옵티콘panopticon°°에 자리를 잡고 모습을 드러내지 않은 채 인물의 내면이 자신의 내면과 동시에 흐트러지는 순간을 지켜본다. 현실에서 벗어나려는 도주의 시도에 놀란 그는 언저리로 내몰린다. 끼어들었기 때문에 밀려난 것이다. 김상자는 늘 패배할 수밖에 없다.

시간에서 훔쳐 온 이 몇 초 동안 작용하는 것은 세계의 절대성이다. 유년 시절부터 켜켜이 쌓여온 생각들과도 같은

°   롤랑 바르트, 1977년 라디오 인터뷰.

°° 한 곳에서 내부를 모두 볼 수 있게 만든 원형 교도소. 1791년 영국의 공리주의 철학자 제러미 벤담이 죄수를 효과적으로 감시할 목적으로 고안한 감옥의 한 형태다.

이 망중한의 순간, 사내는 자신의 근원이었던 어린아이로
돌아간다.

© 마동욱

소달구지

이용자 수가 20억에 달하는 네트워크인 페이스북은 암호화폐 '리브라Libra' 프로젝트 작업 중이다. 인실리코 그룹은 인공지능의 도움으로 10년이 걸리는 과정을 단축해 불과 46일 만에 섬유화를 방지하는 신약을 개발했다. 스페이스X는 세계 도처에서 인터넷에 접속할 수 있도록 42,000개 위성을 설치하겠다는 계획을 발표했다. 양자 컴퓨터를 통해 구글은 1만 년이 소요될 것으로 예상되던 계산을 3분 만에 해냈다. 빌 게이츠는 줄기세포로 만든 배양육으로 진짜 고기를 대체하는 식품을 생산하는 스타트업 두 곳에 투자했다. 스탠퍼드대 연구팀은 이제 간단한 혈액검사로 조산을 예측하는 테스트가 가능하다. 2021년 9월 15일, 일론 머스크는 친구 네 명을 태우고 자가용 로켓으로 지구 한 바퀴를 도는 여행길에 나섰다. 우주비행사도 없이 말이다. 그리고 바로 며칠 뒤, 머스크의 맞수인 제프 베조스도 자신의 전용 로켓에 탑승했다. 베조스로 말하자면 2021년 7월 20일 하루에 130억 달러를 번 사나이다. 한편 노스캐롤라이나의 대학교수들은 돼지 뇌 속에 이식해서 기억을 재가동시키는 마이크로칩을 고안했다. 위스콘신의 연구원들은 생각만으로 트위터 메시지를 작성하는 실험에 성공했다.

알퐁스 도데의 아들 레옹 도데는 보수적 경향의 작가로, 모터쇼에서 "자동차는 전쟁이다"고 선포했다. 이 대담한 발언에 대해 발터 벤야민은 다음과 같이 논평했다. "기술 수단과 속도, 에너지원 등의 발전이 우리 개인의 삶에 완벽하게 적용 가능한 방식을 찾지 못했다는 견해도 있다. […] 그때부터 이러한 신기술은 전쟁 속에서 정당화되었는데, 전쟁이야말로 그것이 불러오는 파괴를 통해 기술을 제 일부로 만들 수 있을 만큼 사회가 성숙하지 않았음을 보여

주는 증거다."°

　결국 기술 혁신이 일상에서 그 정당성을 입증하지 못하면 전쟁을 일으키는 동기가 될 수도 있고, 사회가 감당하지 못하는 기술의 과잉을 전쟁이 소비한다는 말이다. 그렇다면 신기술의 발전으로 겨우 몇 사람을 태운 로켓이 주말에 지구 한 바퀴를 돌고 오는 일이 가능해진 이 같은 상황에 대해서는 어떻게 생각해야 할까? 참으로 다행히도 신월리의 작은 마을에는 날마다 소달구지를 몰고 밭으로 나가는 농부가 있으니 우리의 두 발이 다시 땅에 닿는 것도 그 덕분이다.

○　발터 벤야민, 『기술 복제 시대의 예술작품, 사진의 작은 역사 외』, 최성만 옮김, 길, 2007.

Un voyage vers la lumière

4장

✢

이름 모를 이들과
또 다른 이들을 기리며

Jean-Claude de Crescenzo

•

김동욱의 2022년 사진을 제외하고 구형 카메라로 애호가들이 찍은 다른 사진들은 드넓은 배경에 모든 것을 똑같이 담아내려고 한 탓에 오늘날 우리 눈에는 밋밋하게만 보인다. 오래된 필름이리 명암이 흐릿해지고 긴 세월까지 더해져 자세한 것은 보이지도 않는다. 궁금증을 채우려면 돋보기라도 가져와야 할 테다. 하지만 바로 이 낮은 해상도, 전문용어로는 '피케piqué'라고 하는 세부 선명도의 결함이 내 마음을 끈다. 모호한 공간이 해독할 텍스트가 된다. 소박한 사진이 꾸밈없던 그 시절을 닮았다.

70~80년대에 찍은 이 사진들은 친구들이나 가족 앨범

에서 한 장 두 장 모은 것들이다. 이 이미지들을 보면 옛 생각이 난다. 삶을 견디기 위한 시정詩情을 어떻게든 찾아내야 하는 시절이었다. 녹록지 않은 삶과 감수성, 장난기와 뭉클한 감동, 세월의 흔적이 느껴지는 얼굴들과 여인들의 고운 자태가 담긴 사진들을 보면서 그리 오래되지 않은 그 무렵이 떠올랐다. 하루하루가 힘겹던 시절도, 이제는 웃을 수 있게 된 시절도 모두 아득히 멀어져 마치 존재하지도 않은 것만 같았다. 한데 그때야말로 한순간과 한평생이, 기술과 그 쓰임이, 열망과 실현 가능성이 잘 맞물려 돌아가던 시절이었다. 실은 그리 멀지도 않은 시절이다.

하지만 바로 이 낮은 해상도,

전문 용어로는 '피케'라고 하는

세부 선명도의 결함이 내 마음을 끈다.

모호한 공간이 해독할 텍스트가 된다.

© 김동욱

골목에 바치는 시

비탈진 골목이 도시를 굽어본다. 내려가는 발걸음은 가볍지만 한 걸음 한 걸음 올라갈 때는 고행길이 따로 없다. 하늘의 신들에게 도전이라도 하는 심정이다. 양옆으로 이어지는 벽이 비좁은 골목을 너욱 조여 온다. 오가는 행인들의 어깨가 스친다. 시선이 마주치면 눈인사를 한다. 골목은 끝이 보이지 않는다. 다른 골목으로 이어지거나 느닷없이 꺾이기 일쑤라 그냥 앞만 보고 갈 수밖에 없다.

골목은 속도가 지배하고 오직 인간과 물자와 화폐의 유통만을 위해 조성된 거대한 신시가지에 맞선다. 골목은 대로의 소란함과 번잡함에 고요함을 맞세운다. 밤 골목은 으

슥하다. 가로등이 있든 없든 불안이 감돈다. 이런 곳에서는 완전 범죄도 가능하다. 좁은 골목은 삶이 펼쳐지는 장이다. 아니 그것도 다 옛날이야기다. 사내들과 여인들과 아이들은 끼리끼리 모였지만, 이렇게 나누는 것도 사회적인 구분일 뿐 다 함께 어울려 살았다. 대로가 갈라놓는다면 골목은 한데 모은다. 얼마 전까지만 해도 골목에서 전을 부치거나 김치를 담그고, 애들은 숙제를 하고, 볕이 좋으면 대야에 물을 받아 갓난쟁이를 씻기기도 했다.

골목은 본래 서민들의 것으로, 귀하신 분들이 행차하는 곳이 아니다. 쓰레기로 꽉 막힌 하수구와 연탄재 더미와 수상쩍은 냄새를 요리조리 피헤기야 하기 때문이다. 높으신 분의 반짝이는 구두는 잘 닦인 보도에나 어울린다. 도시의 건축이야말로 이 같은 사회적 단절을 극명하게 드러내는 것으로, 귀족이 골목을 업신여긴다면 군중은 대로를 장악해서 위협한다. 예전에는 동네를 주름잡던 아이를 '골목대장'이라고 불렀고, 미로처럼 얽힌 골목에서 길을 물어오면 '골목골목'이 나온다고 일러주는 것만으로 충분했다. 그러면 꾸불꾸불한 길을 한참 돌아가야 하는구나, 하고 알아들었다.

골목이 만나는 지점은 도시 교차로의 축소판이다. 하지만 이곳에는 경적 소리도, 휘발유 냄새도, 기다리고 건너고 건너지 말라고 지시하는 신호등도 없다. 골목은 축소된 사회 그 자체다. 사라진 피맛골을 떠올리며 골목이 저항할 수 있기를, 눈물을 흘릴 수 있기를, "캄캄한 서울 / 종로 피맛골 한 모퉁이 / 취객들의 밤의 발자국에 깊이 어린 / 별빛들만 사라지지 않고 홀연히 / 술에 취한다."°고 읊은 시인과 함께 노래할 수 있기를.

°   정호승, 「사라지는 것들을 위하여」, 『밥값』, 창비, 2011.

© 개인 소장

시장에서

한 십오 년 전 사진이다. 지금은 시장 입구에 초소 하나가
떡 하니 들어섰다. 그 앞에는 군인처럼 뒷짐을 지고 보초를
서는 듯한 청년이 있다. 캐나다 기마경찰이 쓰는 것과 비슷
한 산악 모자에 제복 차림을 한 청년은 관광 안내와 관련
정보를 풍부하게 제공한다. 좀 더 자세히 물어보면 이러저
러한 가게로 가라고 콕 짚어 알려줄 테다. 우선은 당신이 갈
길을 손가락으로 가리켜준다. 시장 진입로는 깔끔하게 일직
선으로 정비되어 있다. 휴지 한 장 뒹굴어 다니지 않는 깨
끗한 바닥에는 물건을 진열할 때 넘어가지 말라는 표시가
보인다.

여기는 한국이고, 다들 하라는 대로 한다. 길은 자로 잰 듯 반듯하고, 규율을 따르지 않는 가게가 한 곳도 없다. 그 덕에 옷더미를 흩트려놓거나 걸어놓은 배낭에 치이거나 쨍그랑거리는 냄비 소리에 귀를 막지 않고서도 수월하게 옆 가게로 갈 수 있다. 모든 것이 질서정연하다. 노점상은 늘 그렇듯 친절하게 맞이하지만, 무슨 까닭인지 저번처럼 신나지는 않은 눈치다. 저번이라고 해도 벌써 한참 전 일이긴 하다. 별일 없이 이곳저곳 둘러본다.

지붕 없는 상가가 되어버린 남대문시장을 돌아본다. 에누리에 대한 기대는 애당초 접어두는 게 좋다. 할인해달라는 의미의 "깎아주세요"라는 말은 이제 통하지 않는다. 시끌벅적했던 시장이 절간처럼 고요하다. 이곳을 관광 명소로 만들겠다는 서울시의 의지가 실현된 것이다. 이제 관광객은 고궁이나 갤러리처럼 시장을 관람한다. 전에는 뭘 사러 간다기보다 그냥 구경삼아 시장에 가면, 천막을 씌운 리어카가 양옆으로 즐비하게 늘어서 있어 겨우겨우 비집고 가야만 했고, 비 오는 날이면 사방의 우산을 피하느라 요리조리 몸을 틀기 바빴다. 그러다 북적이는 인파 속에서 사려던 김도 못 사고 빈손으로 돌아온 적도 있었다. 이제 숫기 없는 구경꾼은 바닥에 표시된 선 앞에서 머뭇댈 뿐이다. 우리가 사랑했던 한국의 그 시절, 시장은 정 많고 수더분하며 거침없고 어수선했다. 그곳에서는 흘러가는 시간과 시들해진 수다와 저물어가는 하루의 분위기를 생생하게 느낄 수 있었다. 무엇이든 알려주는 산악 모자 쓴 청년 없이도 말이다.

© 개인 소장

할머니, 나의 할머니

1990년 즈음 양천구 신정동은 목동과 멀지 않은 동네로, 판자촌을 밀어낸 자리에 고층아파트가 들어서기 전에는 서울 도심에서 한참 떨어진 변두리였다. 불과 몇 해 전, 민중은 1961년에 시작된 독재의 잔재인 군사 정권을 뒤엎으려고 거리로 쏟아져 나왔다. 경찰의 혹독한 고문에 한 대학생이 목숨을 잃었고, 그의 장례식에 기나긴 조문 행렬이 뒤따르면서 정부는 탄압을 풀고 보통선거에 의한 국민 투표를 약속할 수밖에 없었다. 사진의 배경은 올림픽 개최 이후로 추정되는데, 그로부터 2년 뒤에 선거가 치러졌다. 이때를 기점으로, 그전까지는 국제 사교모임에 명함도 못 내밀던 한국이 어느새 열강들이 뽐내는 세계 무대를 활보하게 되고, 강대국을 모방하면서 소비의 대축제를 맞이하는 시대에 접어들었다.

사진 찍기 몇 초 전, 할머니는 마지못해 자리에 섰다. 팔에 매달려 보채는 아이 때문일 테다. 꼬맹이가 할머니를 한적한 거리에 꼭 붙잡아 놓았다. 고개가 살짝 옆으로 기운 할머니는 시선을 돌리며 두 눈을 가늘게 뜬다. 굼뜬 몸은 목석처럼 뻣뻣하게 굳었고, 기우뚱하게 선 채 어색함을 감추지 못한다. 무뚝뚝한 표정이 말 없는 거리와 닮았다. 머뭇거리는 몸의 좌우 비대칭과 어정쩡한 자세만 보아도 비가 오면 어딘가 욱신욱신 쑤신다는 걸 알 수 있다. 얌전하게 가르마를 타서 양 갈래로 머리를 치켜 묶은 아이는 할머니의 사랑을 애타게 바라는 눈치이지만, 노인이 자신의 몸에 바짝 붙인 오른팔은 그런 손녀딸의 마음을 전혀 몰라주는 듯하다. 박완서의 책에서도 "할미 손은 약손"°이라고 했건만.

° 박완서, 「엄마의 말뚝 1」, 『엄마의 말뚝』, 1982.

1987년부터 한국의 법제가 정비되면서 여성도 일을 구하기가 쉬워졌다. 여성들의 학위 취득률이 점점 증가했다. 1990년 즈음에는 여성 둘 중 한 명이 일을 한다. 그리고 예전에는 손주들의 응석을 받아주기만 해도 고마웠던 조부모들이 꼬맹이들을 쫓아다니며 뒤치다꺼리를 하는 신세가 되고 말았다. 인도계 영국 사진작가 수자타 세티아는 어느 날, 할머니 할아버지와 같이 찍은 사진이 한 장도 없다는 사실을 깨닫고 마음이 아팠다고 한다.

그녀는 세계 방방곡곡을 누비고 다니며 노인들과 아이들의 사진을 찍었고, 그렇게 가슴 속 빈자리를 채웠다. 외가든, 친가든 살아생전 할머니 할아버지를 본 적이 없는 이는 기나긴 인연의 한 마디가 끊어진 셈이다. 그는 벽난로 위에 세워둔 조부모의 사진을 물끄러미 바라보며 허전한 마음을 달랜다. 그러면서 추억의 한 장면이 떠오른다. 한평생 밭일밖에 모르셨다는 할아버지가 줄무늬 양복을 쫙 빼입고 가슴팍 주머니에 손수건까지 곱게 접어 꽂은 멋쟁이 노신사로 변신한 모습은 얼마나 근사했던가! 한세월 구구절절한 아품이 고스란히 녹아든 듯한 까만 눈동자로 미동도 없이 정면을 응시하는 할머니의 표정은 또 얼마나 위엄 넘쳤던가!

할머니의 팔에 매달린 여자아이는 억지웃음을 짓는다. 팔을 꼭 붙든 악착같은 모습과는 제법 대조적이다. 경건한 묵도 속에 얌전히 모은 두 손 같다고나 할까. 꼿꼿이 버티고 있는 몸을 놓칠세라 꼭 끌어안은 아이는 할머니의 얼굴에 어린 못마땅한 기색은 아랑곳하지 않은 채 오직 사진을 찍고 싶다는 마음뿐이다. 아이의 자세만 보아도 알 수 있다. 은희경의 소설°에 나오는 소라처럼 아이는 맨몸으로 타인의 시선에 맞선다. 응당 제 몫이라고 믿는 자리를 기어이 차지하고야 말겠다는 열망과 사소한 실수도 저지르지 않으려는 조심스러움이 역력히 묻어난다.

아이는 정면을 바라보지만 한쪽 어깨를 살짝 뒤로 빼고 있다. 조금이라도 위험한 낌새가 엿보이면 할머니 등 뒤

° 은희경, 「누가 꽃피는 봄날 리기다소나무 숲에 덫을 놓았을까」, 『상속』, 문학과지성사, 2002.

로 숨어버릴 기세다. 입술을 꼭 다물고 짓는 미소에서 행여 자기를 잊으면 어쩌나 하는 두려움도 읽힌다. 할머니는 무슨 일이 일어날지 모르는 하루하루의 삶 속에서 아이가 여린 몸을 기댈 구명대이자 작은 손 내밀어 다다를 연안이다. 입 꼬리가 억지로 올라간 아이의 어색한 미소와 이 상황이 못마땅한 할머니의 언짢은 표정이 묘하게 대비된다. 어느 선선한 오후에 카메라 앵글에 잡혀 꼼짝없이 모델 노릇을 하는 할머니와 손녀딸은 이제 그만 좀 놓아달라고 호소하는 눈치다. 잊힌 거리에서 노인과 아이의 외로움이 텅 빈 골목을 채운다.

© 개인 소장

노래하고 춤추는 두 아이

사진 속 두 아이는 흐뭇하게 바라보는 관객을 향해 까불거리며 장기자랑이라도 하는 모습이다. 하지만 우리의 시선은 이내 배경으로 향하고, 여기저기 살림살이를 늘어놓은 벽에 멈춘다. 무대 전체를 에워싸면서 관객들을 짓누를 것만 같은 벽이다. 사진을 감상하는 이는 저도 모르게 엿보는 사람이 된 기분이다. 그도 그럴 것이 맨 먼저 눈에 들어오는 텔레비전이 공장 창고에서나 볼 법한 선반에 반쯤 가려진 채 놓여 있기 때문이다.

우뚝 버티고 선 조립식 철제 선반이 한 식구가 살아가는 공간, 손님을 맞이하고 밥을 먹고 잠을 자는 이 공간의 상당 부분을 차지하고 있다. 텔레비전이야 말할 것도 없고 이 세간이야말로 넉넉함과는 거리가 먼 한 가족의 삶을 애써 지탱해주는 존재라 할 만하다. 아이들 뒤로는 휴지통이 떡하니 나와 있다. 선반 저 구석에는 구급약 상자로 짐작되는 것이 눈에 띈다. 일상적으로 겪는 통증을 덜기 위해 늘 손닿는 곳에 상비약을 둔 것이다. 휴지통과 약상자는 녹록지 않던 시절을 상징적으로 보여준다. 방 한가운데서 두 아이는 관객을 앞에 두고 노래를 부르고 춤을 춘다. 사진에서는 보이지 않지만 아이들을 활짝 웃게 할 만큼 맘씨 좋은 어른들이다.

꼬맹이들은 자신의 재주나 유치원에서 배운 춤과 노래를 뽐낼 수 있어 마냥 신이 난 듯하다. 시장에서 얼마 안 주고 샀을 것 같은 촌스러운 옷을 입은 여자아이가 머리 위로 왼쪽, 오른쪽 집게손가락을 세워 번갈아 찔러대는데, 가만히 서 있어도 두 박자 장단에 절로 몸이 들썩이는 모양이다. 흥이라는 것이 터져 나온다. 기껏해야 대여섯 살이나 먹었으려나. 방에 있는 라디오나 전축에서 음악이 흘러나오거나, 아니면 누군가 노래를 부르는 걸 테다. 아이는 물 만난 고기 같다. 휴지통과 약상자도, 텔레비전과 철제 선반도 아이의 흥을 꺾을 수는 없다. 이 순간만은 궁핍한 삶도 아이의 기를 죽이지 못한다. 눈빛만으로도 마음이 통하는 가족이 아이를 지켜준다. 분명 이 같은 마음이 피붙이를 더욱 끈끈하게 이어주는 것이리라. 이러한 유대감이야말로 온 식구를 하나로 뭉치게 만들고 가까워지게 하며, 두 아이의 마음속에 영원히 남을 이러한 장면에서 모두를 단단히 결속시키는 것이다.

여자아이 옆에서는 남동생으로 보이는 코흘리개 꼬마가 흥을 돋운다. 제 누이의 옷만큼이나 보잘것없는 두툼한 스웨터를 걸치고서 몸을 배배 꼬아댄다. 누나 쪽으로 거의 몸을 틀고는 두 뺨이 새빨갛게 달아오른 채 손뼉을 친다. 아이는 보고 있는 누군가의 시선을 살핀다. 노래에 장단을 맞추는 걸까, 아니면 누이의 춤에 박수를 치는 걸까? 사내아이는 이 방에서 벌써 무대의 여주인공이 된 누나와 맞먹을 기세다. 누가 누가 잘하나. 남매의 경쟁에 불이 붙었다. 이처럼 재미나게 놀 기회가 날이면 날마다 오는 게 아니다.

삼시 세끼만 먹어도 족하고 굴러가는 돌만 봐도 까르르 웃음이 났건만 이제 누가 그런 걸 바란단 말인가. 너도나도 배고프던 시절, 욕구는 그저 가능한 것, 합당한 것만을 대상으로 삼을 수 있었고, 그마저도 꾹 눌러두어야 하는 것이었다. 오늘날은 그렇지 않다. 욕망하는 이들에게 모든 것은 지천에 널렸고, 바로 그런 이유로 풍요롭지 않고, 오히려 없는 셈이 되어 더 이상 그 누구도 원치 않는다. 모두가 넉넉지 않던 시절, 아이들은 요구라는 걸 몰랐다. 바로 이것이야말로 이 두 꼬맹이 춤꾼들이 우리에게 하고픈 말이 아닐까. 한 지붕 아래 사는 가족만으로도 헤아릴 길 없이 드넓은 지평이고, 일상의 숱한 비루함마저도 흥겨운 춤 장단에 잊힌다.

이 순간만은 궁핍한 삶도 아이의 기를
죽이지 못한다. 눈빛만으로도
마음이 통하는 가족이 아이를 지켜준다.
분명 이 같은 마음이 피붙이를
더욱 끈끈하게 이어주는 것이리라.

© 개인 소장

두 아이를 품에 안은 엄마

여인은 카메라를 향해 두 아이를 보여준다. 누가 못 데려가게 하려고 꼭 안고 있는 것 같다. 양손으로 아이들의 턱 밑을 감싸고 있는데, 목이야말로 몸에서 가장 연약한 곳이기 때문이다. 피아니스트인 여인의 섬세한 두 손이 모를 리가 없다. 두 아이는 한눈에도 터울이 있어 보인다. 머리카락이 밤송이처럼 솟아 있는 왼쪽의 사내아이가 어리둥절한 눈으로 카메라를 쳐다본다. 궁금한 마음은 알겠지만, 사진이 어떻게 나온들 아이의 마음에 들지는 않을 것이다. 아이들을 카메라 앵글에 담을 때 생기는 문제는 늘 똑같다. 어떻게 붙잡아놓고 어떻게 가만히 있게 할 것인가. 이 중요한 순간, 도

망가면 안 되는데 말이다.

　오른쪽에서 여자아이가 동생을 살포시 보듬고 있다. 누나는 멍한 표정으로 약간 위를 쳐다본다. 사진 찍는 이가 위에서 내려 보는 동안 아이의 시선이 딴 곳을 향한 것이다. 아이는 놀이에서 마음이 떠났다. 사진에 대한 아무런 기대가 없다. 진작 결정을 내렸고, 조금도 흔들리지 않는다. 가면극에서 아이가 무슨 역할을 해주길 바라서는 안 된다. 마냥 어려 보여도 가녀린 어깨에 벌써 인생의 경험이 제법 얹혀 있는 아이이기 때문이다. 만만한 아이가 아니란 말이다. 무도회가 열리고 다들 춤출 상대를 고를 때도 아이는 성급한 이들이 무대 주위를 맴도는 모습을 지켜보기만 할 테다.

　남매의 시선이 보이는 어긋남이 사뭇 놀랍다. 동생은 앵글 밖으로 나가고픈 눈치다. 앞으로 몸을 내밀려 하지만, 엄마가 팔만 뻗어도 닿을 것이다. 안절부절못하는 모습은 카메라를 든 이를 향한 호소이고, 사진은 그의 귀에 요청이 들리지 않았다는 증거다. 아이는 스스로 빠져나와야 한다. 엄마는 꽉 붙잡지 않았다. 아이의 턱 밑에 손을 대고는 있지만 힘을 주지는 않았다. 아이가 조금만 움직여도 목이 조일까 봐 손을 늦출 게 분명하다. 금방이라도 용수철처럼 튀어나갈 듯한 아기의 몸에서 또 다른 탄생에 대한 의지 같은 것이 느껴진다. 다시 태어나는 것이야말로 인간이 세상에 나오는 성스러운 순간에 누구에게나 부여되는 두 번째 기회가 아니던가.

여자아이는 엄마 품에서 벗어나기 직전이다. 남동생을 팔로 감싸고는 있지만 앞으로 숙인 듯한 작은 몸에서 불편한 기색이 느껴진다. 그럼에도 계속 버둥대는 사내아이의 몸부림을 단호하게 제지한다. 가늘고 고운 손가락으로 도주의 욕구에 제동을 거는 듯한 엄마와 별반 다르지 않은 보호자의 몸짓이다. 여자아이에게 카메라의 존재 따위는 안중에도 없다. 시선은 저 먼 곳을 향한 채 일찌감치 입장을 정했다. 지금 이 순간은 좋을 것도 없고 바랄 것도 없다. 이 꼬맹이는 좀 더 일찍 철이 들었다. 어떤 두려움에도 겁먹지 않고 어떤 상황에서도 물러서지 않을 것이다. 준비가 됐다. 바로 그런 의미에서 남동생을 지키려는 아이의 몸짓이 이해가 된다. 누나는 동생을 붙잡는다. "조금만 참아. 사진만 찍으면 된다니까." 사내아이처럼 안달할 필요가 없다. 철든 누나는 벌써부터 엄마 노릇을 한다. 자식을 붙들어 두고 싶지만 아무런 힘이 없는 어른들을 대신한다.

여자아이에게 카메라의 존재 따위는 안중에도 없다.

시선은 저 먼 곳을 향한 채 일찌감치 입장을 정했다.

지금 이 순간은 좋을 것도 없고 바랄 것도 없다.

이 꼬맹이는 좀 더 일찍 철이 들었다.

어떤 두려움에도 겁먹지 않고 어떤 상황에서도

물러서지 않을 것이다.

© 개인 소장, 망원동, 카페 뎀셀브즈

움직이지 않는 장면

보이는 것이 아니라 느끼는 것을 그린다고 했던 에드워드 호퍼는 이 장면이 마음에 들었을까? 이 실내 사진은 우리의 주의를 우선 바깥으로 이끈다. 시선은 곧장 큰 창을 향하고, 그 너머로 어느 집 벽면이 보인다. 손바닥만 한 창으로 빛이 겨우 들 것 같은 벽이다. 벽 너머에는 아무것도 없지만, 굳이 보고 싶다면 빼어난 고전적 구도를 지닌 사진 속으로 사라지는 선들을 따라 시선을 움직이기만 하면 된다. 오후의 끝자락에서 피아노 약음 페달을 밟은 듯 먹먹한 소리로 울리는 삶이 그려진다. 밖에서는 늘 그렇듯 아무 일도 일어나지 않는다. 기다려본다.

***

누가 왔을까? 그냥 가버렸을까? 안에 있는 기다란 평상에는 아무도 앉지 않았다. 작은 책상은 자신의 존재를 증명해줄 글을, 구원의 손길을 기다린다. 글 쓰는 이라면 그 어떤 몸짓도 무용하기만 한 장소에 생기를 불어넣을 수 있으리라. 고요한 배경에서 사진 찍는 이의 눈길이 정물을 살아나게 한다. 부재하는 삶에 시선을 드리워 말 없는 두근거림과 속삭이는 목소리, 사뿐한 발걸음과 고요한 몸짓으로 장면을 채운다. 은밀함을 품은 모든 기호는 상상만으로 가슴이 벅차오르게 한다.

파리의 텅 빈 거리를 담은 외젠 아트제°에 대해 발터 벤야민은 다음과 같이 평했다. "범죄 현장 느낌으로 이 길들을 찍었다고들 하는데 이보다 더 딱 들어맞는 말도 없다."°° 사진 속 인간의 부재는 불안을 자아낸다. 움직이지 않는 것

° 장 외젠 오귀스트 아트제(1857~1927)는 프랑스의 사진작가로, 파리를 찍은 다큐멘터리 사진으로 유명하다.
°° 발터 벤야민, 앞의 책.

은 무엇이든 텅 빈 여운을 남긴다. 호퍼의 그림처럼 정지한 것에서 움직임이 스르르 빠져나온다. 그 순간, 성큼 들어선 겁 없는 이가 끓어오르는 제 존재를 드러낸다.

© 개인 소장, 김인완 교수(1935~2011)

끝맺으며

우아하고 고결한 신사

중후한 음색의 빼어난 바리톤

나의 장인어른 김인완 교수께

이 책을 바친다.

◦ 감사의 글 ◦

일찍부터 이 책의 가능성을 믿고 세상에 나올 수 있게 해준 퍼블리온 박선영 대표와 정성을 다해 번역해 준 이소영에게 고마운 마음을 전한다. 작품 수록을 허락해 준 고(故) 김기찬 작가의 부인 최경자 여사, 얼마 전 타계한 조세희 작가, 마동욱 작가, 소장한 사진을 선뜻 제공해 준 김형준과 주수영, 주요한, 김동욱에게도 감사를 드린다. 우정 어린 조언을 아끼지 않는 이승우 소설가와 한 편 한 편 글을 골라 준 로리 갈리에게도 고마움을 표하고 싶다.

한결같이 지지해 주는 가족 프랑크와 재현, 내 삶의 동반자 혜경의 존재가 큰 힘이 되었다. 마지막으로 이 책을 쓸

수 있게 해준 이름 모를 사람들과 골목, 들판과 마을, 그리

고 그 시절들을 빼놓을 수 없다.

김기찬(사진작가, 언론인)

1938 ~ 2005

- 1938년 서울시 출생
- KBS 영상제작국 제작부장, 동양방송 영상제작부장을 역임하였다.
  1960년대부터 서울의 골목길 풍경만을 평생 찍어왔다.
- 2002년 제3회 이명동사진상
- 2003년 제34회 백상출판문화상 국내작가상
- 2004년 제3회 동강사진상 국내작가상
- 2004년 옥관문화훈장
- 2014년 『역전 풍경』(서울역 부근 1968~1983), 눈빛
- 2014년 『잃어버린 풍경』(1967~1988), 눈빛
- 2015년 『골목을 사랑한 사진가』(김기찬, 그 후 10년), 눈빛
- 2023년 『골목안 풍경』(김기찬 대표사진선집), 눈빛

조세희 (소설가)

1942~2022

- 1942년 경기도 가평 출생
- 1999년 경희대학교 대학원 겸임교수
- 1999년 문화개혁시민연대 공동대표
  대표작 『난장이가 쏘아올린 작은 공』은 서울의 한
  철거민촌에서 주민들의 실상을 취재하러 갔다가 도시 빈민의
  참담한 현실을 접하고서 쓴 소설로 알려져 있다.
- 1978년 〈이상문학상〉 수상, 『잘못은 신에게도 있다』
- 1979년 〈동인문학상〉 수상, 『난장이가 쏘아올린 작은 공』

마동욱 (사진작가)

1958~

- 1958년 전남 장흥 출생
  서울구치소 교도관을 거쳐 서울중부소방서에서 소방관으로
  재직하면서 홍보사진을 찍어왔다.
- 1988년 광주소방서에 근무하면서부터 고향 마을을 사진으로
  담기 시작했다.
- 1997년 사진집 『아 물에 잠긴 내고향』, 눈빛
- 2000년 산문집 『그리운 사람은 기차를 타고 온다』, 다지리
- 2006년 『시베리아 횡단 열차를 달린다』, 다지리
- 2009년 『정남진의 빛과 그림자』, 호영
- 2012년 『탐진강의 속살』, 호영
- 2016년 『고향의 사계』, 눈빛
- 2018년 『하늘에서 담은 영암』, 눈빛
- 2019년 『하늘에서 본 강진』, 에코미디어

○ 사진 ○

김기찬

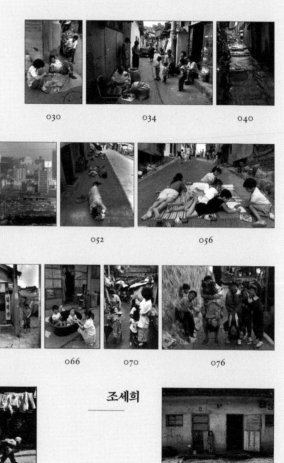

조세희

112

118

126

마동욱

130

144

150

156

160

164

김동욱, 개인 소장

174

178

182

188

194

200

204

빛을 향한 여행 머묾과 떠남

1판 1쇄 발행 2023년 12월 10일

지은이　　장클로드 드크레센조

옮긴이　　이소영

펴낸이　　박선영

편집　　　양성숙

마케팅　　김서연

디자인　　씨오디

발행처　　퍼블리온

출판등록　2020년 2월 26일 제2022-000096호

주소　　　서울시 금천구 가산디지털2로 101 한라원앤원타워 B동 1610호

전화　　　02-3144-1191

팩스　　　02-2101-2054

전자우편　info@publion.co.kr

ISBN　　　979-11-91587-55-5　03860